Im Jahr 1959 bricht der zwanzigjährige Michel Contat auf nach Paris, in die Stadt der Träume, des Ruhms und der Ernüchterungen. Er schreibt sich an der Sorbonne ein und wohnt Zimmer an Zimmer mit seinem Freund Michel Thévoz, ihre Vermieterin trägt wie zu Kriegszeiten Zeitungen gegen die Kälte unter ihren Kleidern und legt ihnen Bücher von Marx und Engels vor die Tür.

Sie arbeiten sich durch «Das Sein und das Nichts», bei Kälte im Café Bonaparte in der vagen Hoffnung, Sartre zu sehen, der im dritten Stockwerk wohnt. Sie gehen ins Kino, ins Theater und verbringen ganze Nächte in Jazzlokalen.Sie verachten de Gaulle und demonstrieren gegen den Algerienkrieg. Als Contats Vater mit ihm nach Berlin reist, um ihn von den linken Ideen abzubringen, fährt er dort mit dem Taxi ins Berliner Ensemble zu den Brecht-Inszenierungen, während der Vater im Hotel fernsieht. Am Ende wird er aus politischen Gründen aus Frankreich ausgewiesen.

Contat erzählt persönlich und offen, er verschweigt weder seine Einsamkeit noch seine Nöte, unter denen er in seiner Schüchternheit und Unschuld leidet – auch wenn die Liebe am Ende auch ihm zuteil wird. Contats Erzählung ist ein Selbstporträt, das für eine ganze Generation steht.

MICHEL CONTAT

PARIS 1959

NOTIZEN EINES WAADTLÄNDERS

Nachwort von Luc Weibel
Aus dem Französischen von Eva Moldenhauer

Limmat Verlag
Zürich

Für den Beitrag an die Übersetzungskosten dankt der Verlag der Pro Helvetia, Schweizer Kulturstiftung.
prohelvetia

Im Internet
› Informationen zu Autorinnen und Autoren
› Hinweise auf Veranstaltungen
› Links zu Rezensionen, Podcasts und Fernsehbeiträgen
› Schreiben Sie uns Ihre Meinung zu einem Buch
› Abonnieren Sie unsere Newsletter zu Veranstaltungen und Neuerscheinungen
www.limmatverlag.ch

Das *wandelbare Verlagsjahreslogo* auf Seite 1 zeigt staatliche, regionale und lokale Münzzeichen aus Indien aus dem 18. bis 20. Jahrhundert.

Der Limmat Verlag wird vom Bundesamt für Kultur mit einem Strukturbeitrag für die Jahre 2016–2020 unterstützt.

Umschlagfoto: «Paris Rue-Grégoire-de-Tours 1959» von Peter Cornelius, © Peter Cornelius-d'Hargues, Hamburg.
Typographie und Umschlaggestaltung von Trix Krebs

ISBN 978-3-85791-825-4

Für Teddy

Mir scheint, dass seit C.F. Ramuz kein Lausanner so sehr von Paris geträumt hatte wie ich. In seinem *Paris. Notizen eines Waadtländers*, geschrieben 1938, dem Jahr, in dem ich geboren wurde, schreibt er, er sei 1902 am Gare de Lyon ausgestiegen, um sechs Monate in der Hauptstadt zu verbringen unter dem Vorwand, sein Doktorat über Maurice de Guérin vorzubereiten, und sei mit einigen Unterbrechungen zwölf Jahre dort geblieben, ohne je eine einzige Zeile seiner Dissertation zu Papier zu bringen.

Von alledem wusste ich nichts, doch meiner Großmutter war es vermutlich nicht unbekannt; sie hatte Ramuz gekannt, sie selbst hatte in den 1890er Jahren einige Zeit in Paris gelebt, Rue Caulaincourt. Sie hatte keine Angst, dass ich endgültig auswandern könnte, und mein Vater, der sich erbot, mein Studium in Paris zu bezahlen, hatte wohl auch seine Hintergedanken. Ich würde dort das Leben kennenlernen, jenes Leben, von dem ich, wie er meinte, keine Ahnung hatte, er, der Amazonen mit langen Beinen nachlief, und würde dann wieder in die Heimat zurückkehren. «Man kann nämlich nach Paris kommen, um einfach zu lernen, aber man kann auch nach Paris kommen, um da Paris zu erlernen», schreibt unser Ramuz.

Als ich im September 1959, ein gutes halbes Jahrhundert und zwei Weltkriege später, dort ankam, wollte ich Vorlesungen hören und, so hoffte ich, mein ganzes Leben dort verbringen. Wegen des Algerienkriegs und meines Engagements, das ich seinetwegen einging, wurde in Frankreich einige Jahre lang ein Aufenthaltsverbot über mich verhängt, aber ich kehrte sehr oft heimlich nach Paris zurück (es genügte, nicht im Hotel abzusteigen), dann habe ich mich dort niedergelassen und schließlich den größten Teil meines Erwachsenenlebens dort verbracht. Ich habe diese Stadt geheiratet; als ich die französische Staatsbürgerschaft annahm, hatte ich das Gefühl, offiziell um ihre Hand anzuhalten.

Mein Verlangen nach Paris entstand in meiner Jugend: Es war die Stadt der Schriftsteller und der Künstler, die Stadt, mit der es jeder aufnehmen muss, der die Bücher dem Leben vorzieht und ahnt, dass diese Vorliebe eine grundlegende Unangepasstheit an das verrät, was die anderen von einem erwarten. Allerdings wusste ich nicht, was die anderen von mir erwarten mochten. Wahrscheinlich bloß, dass ich mein Brot verdiente und nicht unglücklich wäre. Meine Mutter hatte sich abgerackert, meinen Bruder und mich großzuziehen, denn mein Vater, von dem sie geschieden war, zahlte unseren Unterhalt nur sehr unregelmäßig und kümmerte sich kaum um uns. Ich mochte die Schule, die meisten meiner Lehrer empfanden Sympathie für mich trotz der chronischen Undiszipliniertheit, die mir bei meinen Kameraden eine gewisse Popularität eintrug. Der klassische Fall des ohne väterliche Autorität Heranwachsenden, der die Autorität der Repräsentanten des Staats provoziert, um die Grenzen seiner eigenen Macht herauszufinden. Manche landen aus diesem Grund im Gefängnis.

Zu Hause war ich meiner Mutter gegenüber die Nettigkeit in Person, um die Brutalität meines Bruders auszugleichen. In der Schule sammelte ich Verweise und Strafen: Zwischen fünfzehn und neunzehn wäre ich mehrmals beinahe rausgeflogen; jedes Mal genügte ein Besuch meiner Mutter beim Schulleiter – der diese schöne elegante Frau ebenso charmant wie verdienstvoll fand –, um die Dinge zu regeln. Sie hielt ihr Plädoyer und ging mit der Zusicherung, man werde sich wohlwollend meiner annehmen. Sie dankte mit einem Lächeln, dass man ihr am liebsten die Hand geküsst hätte. Ich versprach, mich zu bessern. Und ich setzte meine Dummheiten fort. Natürlich nichts wirklich Schlimmes.

Kurz vor der Matur wurde ich dann doch nervös: Würde ich dieses verdammte Papier jemals bekommen? Nie hatte ich die geringste Mühe auf Fächer verwendet, die mir nicht zuflogen. Mein Freund Michel Thévoz, Student der Literaturwissenschaft, der zwei Jahre älter war als ich, verbrachte das Jahr in

Paris, in der École du Louvre, und wir schrieben uns regelmäßig. Eines Tages erhielt ich einen Brief von ihm, in dem er mich beinahe väterlich ermahnte, was überhaupt nicht seine Art war. Wenn ich mich in Mathematik und Geometrie nicht anstrengte, würde ich beim Bac durchrasseln, denn zu schlechte Noten in diesen beiden Fächern würden ausreichen, um durchzufallen.

Der Brief tat seine Wirkung. Sonst eher unbekümmert, stellte ich mir nun vor, wie ich mein Leben verpfuschte und auf einer mediokren Arbeit sitzen bliebe. 1959 dachte in der Schweiz niemand an Arbeitslosigkeit, falls man die Matur nicht bestand. Man wusste einfach, dass man dann einen handwerklichen Beruf ausüben würde. Was mich betraf, so hatte ich nie ernsthaft ein Handwerk ins Auge gefasst. Da ich viel las und in Französisch begabt war, hielt man es seit der vierten Klasse für ausgemacht, dass ich Literatur studieren würde. Ich selbst wusste nicht wozu, jedenfalls nicht, um Lehrer zu werden.

Mein Großvater mütterlicherseits war in Deutschland Privatlehrer gewesen, dann Deutschlehrer, schließlich hatte er in Lausanne eine Privatschule gegründet. Mein Großvater väterlicherseits wiederum, den ich nicht gekannt habe, war Französischlehrer gewesen und dann in Bern ein hoher Beamter geworden. Man hatte mir erzählt, dass er Anatole France so sehr bewunderte, dass seine Freunde ihn Anatole Suisse nannten. Ich glaube, dass er einige literarische Ambitionen hatte, denen er aber nie ernsthaft nachging. Ich glaube auch, dass er von seinem Sohn, Jean, enttäuscht war. Dabei hatte dieser sein Jurastudium absolviert und seine Dissertation verteidigt, aber seiner Mutter machte er Kummer, da er verschwenderisch war und davon träumte, in Paris, in Berlin zu leben. Seine Geburtsstadt Bern fand er hoffnungslos provinziell. Der angesehene und allerseits verehrte Freund der Künste ließ diesem Sohn wohl nicht viel Raum, wo er hoffen konnte, seine Achtung zu erringen. Bevor er an Krebs starb, hatte er noch Zeit, dessen Braut gutzuheißen; allerdings bezweifelte er, dass es diesem verschwendungssüchtigen Sohn gelingen würde, ihr das Gut aller Güter zu verschaffen, nämlich materielle Sicherheit.

Die Familie Contat, aus Savoyen gekommen, war im Wallis mit Glaswaren zu Reichtum gekommen, aber meine Großeltern hegten andere Ambitionen als die Fabrik und den Handel und wurden dabei kontinuierlich ärmer. Mit zwölf oder dreizehn verstand ich, dass die wenigen Hektar Weinberg, die wir in der Nähe von Sion besaßen und die es uns ermöglichten, Ende des Sommers zur «Traubenlese» zu gehen, die Überreste eines sehr viel größeren Besitzes waren, den man jedoch Parzelle für Parzelle hatte verkaufen müssen. Wir kehrten mit Kisten voller Trauben nach Lausanne zurück, die schnell vertrockneten, und einen Teil davon mussten wir wegwerfen. Ich sah darin ein Symbol für die weltlichen Güter: Sie verschwanden, bevor man sie hätte genießen können.

Die Familiengespräche lenkten mich eher zu den geistigen Früchten. Aufseiten der Contats kultivierte man die Ironie. Von mütterlicher Seite, der letzten einer Reihe von Pastoren und Lehrern, erfuhr ich recht schnell, dass hier keinerlei Erbe mehr zu erwarten war. Die Krise von 1929 hatte meinen Großvater zur Verzweiflung gebracht, der aus Liebe eine schöne Deutsche geheiratet hatte, aber auch mit dem Grundbesitz ihrer Familie in Pommern rechnete, um endlich seinen Anteil an klingender Münze in die École Nouvelle einzubringen, die er mit einem reicher gesegneten Partner gegründet hatte. Die fernen Besitztümer waren gegen Brot verkauft worden, das jeden Tag mit ganzen Fuhren voller Reichsmark gekauft wurde, wie man erzählte, was mich ungemein beeindruckte. Lange Zeit verschwieg man mir, dass meine wunderbare Großmutter mit einem Geiger durchgebrannt war, nachdem mein Großvater, in der Liebe ebenso glücklos wie in Geschäften, von seinem Partner zugunsten vermögenderer Fremder aus der Schule verdrängt worden war. Dank Beziehungen erhielt er einen bescheidenen Posten im Bundesamt für Statistik.

Welch ein Abstieg für einen Literaten! Er umgab meine Vorfahren mütterlicherseits mit einem Hauch Melancholie. Die Schwester meiner Mutter hatte einen Kaufmann geheiratet, der prosperierte. So gab es in der Familie einen Zweig, wo die Ware, wenn sie schon nicht geachtet wurde, einen ernährte, sogar gut ernährte und zu einem Luxus verhalf, den wir zu Hause entbehrten. Wenn wir meine Tante besuchten und ich im blühenden Garten mit meinen beiden bezaubernden Cousinen spielte, fühlte ich lebhaft den Unterschied zu unseren Verhältnissen. Jedenfalls waren meine Eltern so geschickt, nur reiche Freunde zu haben, die auf großem Fuß lebten, sodass wir bei dem Versuch, es ihnen, und sei es nur entfernt, gleichzutun, immer ein wenig über unsere Verhältnisse lebten und unsere Großeltern und Freunde uns oft zu Hilfe kommen mussten.

Meine Großmutter väterlicherseits, eine Malerin und eine höchst tugendhafte Frau, bestärkte mich in der Verehrung der Künstler, mit denen sie und ihr Mann zu der Zeit verkehrt hatten, als er Vizekanzler der Eidgenossenschaft war, ein Posten, den er in eine Art Kultusministerium zu verwandeln verstand. So konnte er wegen einer Aufenthaltsgenehmigung ganz konkret Rainer Maria Rilke helfen sowie der Geliebten des Dichters, Baladine Klossowska, der Mutter von Pierre Klossowski und Balthus, dem späteren Maler, die beide für kurze Zeit Mitschüler meines Vaters im Gymnasium von Bern waren.

Im Gegensatz zu meinen Eltern war meine Großmutter nicht snobistisch, sie lebte voller Unschuld in ihrer künstlerischen Welt, die nicht unbedingt verlangte, dass sie ihre Bilder verkaufte. Diese waren die unentgeltliche Zierde aller Häuser ihrer weitläufigen Verwandtschaft. Bedenkenlos drängte sie meine Eltern zu dem katastrophalen Entschluss, meinen Bruder in der École des Beaux-Arts einzuschreiben, sobald er eine gewisse Begabung für das Zeichnen hatte erkennen lassen, jedoch keinerlei Talent für die Arbeit. Er würde der Künstler der Familie sein. Noch heute frage ich mich, ob sie jemals daran glaubte oder nicht intuitiv ahnte, dass ihm damit ein paar Jahre Aufschub gewährt wurden in einer Welt, die den Träumern feindlich gesinnt war.

In jener Zeit träumte ich ausgiebig. Nicht von einem Ausnahmeschicksal, sondern von einem Leben, das von den Freuden der Erkenntnis und der irdischen Vergnügen erhellt wurde. Zweifellos würde ich schreiben, aber ich dachte nicht daran, Schriftsteller zu werden, nicht nur, weil ich nicht die geringste Vorstellung von dem Beruf hatte, den das mit sich brachte, sondern auch deshalb, weil meine mit Literatur und Kino übersättigte Fantasie nicht auf eigene Rechnung arbeitete. Ich stellte mir keine Bücher vor, die ich schreiben könnte, ich führte mein Tagebuch, und ich fürchte, es war von desolater Plattheit. Einige Hefte haben den bedauerlichen Tag überlebt, an dem meine Mutter versehentlich alle anderen wegwarf, als sie den Keller aufräumte. Sie sind voller Fragen nach meiner Fähigkeit zum Glück. Dabei war ich glücklich und sogar sehr, aber ich konnte es nicht ausdrücken, denn der Zeit stand der Sinn nicht nach einer Literatur der Sorglosigkeit. Jedenfalls setzte ich der Melancholie meiner Mutter und dem brutalen Charakter meines Bruders erbitterten Widerstand entgegen.

Paris wurde für mich zum Ort des einzigen Glücks, das zählte: desjenigen des Künstlerlebens. Denn es ging weniger darum, Werke zu schaffen, als das Leben eines schöpferischen Menschen zu führen. Paris hatte ein Herz, das mit dem meinen übereinstimmte: nicht der Montmartre Steinlens, wo meine Großmutter ein Jahr in Kontakt mit diesem Meister ein überaus keusches Malerleben führte, sondern der Jardin du Luxembourg, das von André Gide.

1959 landete also ein naiver, fast jungfräulicher Waadtländer, der knapp die Matur bestanden hatte, in Paris, um hier Literatur zu studieren und in der

Nähe des Luxembourg zu leben, weil André Gide, der acht Jahre zuvor gestorben war und den meine literarische Generation nicht mehr las, seine Kindheit in der Rue de Médicis, dann in der Rue de Tournon verbracht hatte.

Was hatte ich bei Gide gefunden? Nicht das «Familien, ich hasse euch» aus *Die Früchte der Erde*. Die meine weckte in mir nicht derart extreme Gefühle. Vielmehr begeisterten mich Lafcadio, sein «acte gratuit» und seine Aufgeschlossenheit, die ich im *Tagebuch* wiederfand; das verschlang ich an wunderbaren Vormittagen, an denen ich die Schule schwänzte, um zu lesen, wie man atmet, auf einem gepflegten Rasen im Park Denantou liegend, der für mich der Mittelpunkt meiner Lausanner Jugend bleibt. Dort las ich auch die *Bekenntnisse* von Rousseau, und ich brauchte nur die Augen zu heben, um die Landschaft der *Neuen Heloise* zu sehen. In *Die Falschmünzer* fand ich mich selbst wieder, auf mehrere Personen verteilt, die alle Gide sind und die im Jardin du Luxembourg die Verwirrung einer zweideutigen Verführung erleben.

Dieser Ort wurde für mich ein magischer Ort, weil er meinem innersten Wesen, das dem von Gide sehr ähnlich war, eine Umgebung verlieh: «Es gibt in mir einen kleinen Jungen, der spielen will, und einen Pastor, der ihn schilt.» Ganz Paris, das ich aus Filmen kannte, war der Ort, wo der groß gewordene kleine Junge unbedingt spielen wollte, in der richtigen Entfernung von der Familie aus Pastoren, die ihm prompt nur wenig verhüllte Vorwürfe machten. «Mit welchem Geld?», fragte meine Mutter mit kummervoller Stimme, als ich ihr erzählte, dass ich einen neuen Film gesehen hatte, der auch ihr gefallen hätte, denn sie liebte das Kino, das aufzusuchen ihr aber die Mittel fehlten. Fünfhundert Kilometer schienen mir die richtige Entfernung zwischen mir und diesen schmerzhaften Vorwürfen zu sein. Meine Mutter begleitete mich zum Bahnhof, sie konnte ihre Tränen nicht zurückhalten, als sie mich an sich drückte, und der Zug flog meinen Wünschen entgegen.

Der Schock der Realität war hart. Bisher hatte ich mich nur zweimal kurz in Paris aufgehalten, in ebendiesem Jahr Anfang des Sommers, um auf Einladung meines Vaters mein Bac zu feiern. Er stieg nur in den guten Hotels ab, im Hotel de Bourgogne hinter der Nationalversammlung, im Cayré, Boulevard Raspail; er liebte die Restaurants der Champs-Élysées, die «Brasserie du Colisée». Es war nicht mein Paris, es war das meines Vaters, das Paris von Jean Gabin in der zweiten Hälfte seiner Karriere, dem Jean Contat vorsätzlich stark zu ähneln begonnen hatte.

Am ersten Tag stand ich im Morgengrauen auf und unternahm allein einen langen Spaziergang aufs Geratewohl, der mich zu Les Halles führte, wo ich das Gefühl einer Initiation ins Reale hatte. Obst und Gemüse schimmerten in der Sonne, die Käse schienen im Dunkel vom Lächeln der Milchhändlerin erleuchtet zu werden, den Lastträgern schien es gut zu gehen, die Fleischstücke strotzten vor Gesundheit, sie ähnelten in keiner Weise denen von Soutine. Ich hatte *Der Bauch von Paris* im Kopf, er schien mir plötzlich in übertrieben düsteren Farben von einem Griesgram geschrieben zu sein. In meinem Herzen kam eine mächtige Freude auf angesichts der Auslage all dieser verzehrbaren Reichtümer, Milchhändlerinnen eingeschlossen.

Ich glaube, mein Vater hatte geahnt, dass ich hin- und hergerissen war zwischen der mütterlichen Melancholie und den sinnlichen Gelüsten, denen er selbst freien Lauf zu lassen beschlossen hatte. Als Amerikafreund zitierte er gern den Spruch des epikureischen Materialismus: «Life ist uncertain, eat dessert first», und es betrübte ihn ein wenig, mich mit zwanzig Jahren das Leben eines zu schüchternen und zu keuschen kleinen Puritaners führen zu sehen, als läse er in meiner Tugend ein Ressentiment, eine dumpfe Verurteilung seines eigenen Lebens. Er war im Begriff, zum dritten Mal zu heiraten, nachdem er durch die Schuld der Kasinos, die er frequentierte, eine besonders mittellose Zeit durchgemacht hatte.

Diesmal heiratete er eine reiche und von der Natur nicht eben begünstigte Frau seines Alters. Er hatte begonnen, mir diese Verbindung als Vernunftehe mit einer Gefährtin vorzustellen, die das Leben gebeutelt habe und der er die Freude an schönen Dingen zurückgeben wolle. In einem Restaurant auf dem Weg nach Paris, in Avallon, wo wir schlemmten, hatte er beim Dessert ausgepackt. Er deutete auf eine eher hässliche Fünfzigjährige einige Tische weiter und vertraute mir gähnend an: «Nun, siehst du, mein Junge, neben der Frau, die ich heiraten werde, ist diese dort Gina Lollobrigida.» Dieser Zynismus schien mir der amüsanten Person Don Ameche in *Ein himmlischer Sünder* von Lubitsch – mit dem ich meinen Vater wegen seiner ewigen Abwesenheit entschuldigte –, besser zu entsprechen, um diese geschmacklose Heirat zu erklären, als das plötzliche Verantwortungsgefühl eines nun ein geregeltes Leben führenden Jean Gabin.

Vermutlich konnte ich nur schlecht akzeptieren, dass er Opfer brachte, um mein Studium zu bezahlen. Dabei war das einer der wirklichen Gründe für diese Geldheirat. Einer der Gründe und sicher nicht der erste. Er wollte bequem und angenehm leben, war aber nicht bereit, den Preis dafür zu zahlen, das heißt seine Gattenpflichten zu erfüllen, er, der hübsche und kostspielige junge Geliebte hatte. Was mich betraf, so wollte er seinen Vaterpflichten nachkommen, ohne mich zu verwöhnen, mir jedoch eine Studentenjugend in der Stadt meiner Träume ermöglichen. Was damals 350 (neue) Francs im Monat bedeutete. In Wirklichkeit hatte mein Vater keine Ahnung, was das Leben eines Studenten in Paris kostete, er hatte wohl Freunde befragt, die andere befragt hatten, und die Zahl, die wie beim Roulette dabei herausgekommen war: 350 Francs. Damit müsse ich zurechtkommen. Für Notfälle gab er mir die Adresse einer Kindheitsfreundin, die im Pariser Büro der Metro Goldwyn Mayer arbeitete und mit ihrer Mutter in der Nähe des Parks der Buttes-Chaumont wohnte, einem Ort, der für mich jeglicher literarischer Mythologie entbehrte.

Außer dieser Dame, der ich nie begegnet war, kannte ich absolut niemanden in Paris. Mein Freund Michel Thévoz sollte für sein zweites Jahr an der École du Louvre erst einen Monat später kommen. Auf seinen Rat hin stieg ich im Hôtel de Flandre in der Rue Cajas ab, zwei Schritte vom Boul'Mich entfernt (den nur die Provinzler so nennen). Und dort verbrachte ich einen Monat totaler Einsamkeit ohne eine Menschenseele, mit der ich sprechen konnte. Die Anmeldung in der Sorbonne – wo ich nur als

Gasthörer zugelassen wurde, da das Einführungssemester für Literatur Gänge erforderte, für die es zu spät war –, die Aushändigung einer Aufenthaltsbescheinigung, die kafkaeske Unmöglichkeit, die eine ohne die andere zu erhalten, schickten mich tagelang von einem Büro zum andern, was es mir zumindest anfangs ersparte, meine Einsamkeit wahrzunehmen. Trotzdem ertappte ich mich mehrmals dabei, einen hageren jungen Mann anzusprechen, der mir im Spiegel über dem Waschbecken tief in die Augen sah, und ich wusste, dass etwas faul war.

Ich errichtete ein unfehlbares Verteidigungssystem, das mir mein Leben lang genützt hat: Wenn mich die Traurigkeit überkam, spendierte ich mir im Restaurant ein Essen, das meine Mittel überstieg, und ging ins Kino. Der Film wärmte mich noch, wenn ich mich auf dem grässlich menschenleeren Boul'Mich wiederfand. 1959 waren die Pariser Nächte nicht lustig. Vor den Polizeirevieren schützten Wächterhäuschen aus Beton überrüstete Flics vor Attentaten, die ausblieben. In der Metro gingen Gendarmen auf und ab, Maschinenpistole in der Armbeuge, und Besatzungsbilder tauchten in mir auf. Ich betrachtete Schaufenster, sah das Programm der Jazzlokale durch, musste mich damit abfinden, dass ich mir zusätzlich zu einem Abend im «Chat-qui-pêche» kein Restaurant mehr leisten konnte.

Im Hotel hatte ich nur meine Bücher. Wenn schönes Wetter war, nahm ich eines in den Luxembourg mit, ich schaute den Mädchen zu, die mich keines Blicks würdigten, ich fühlte mich wie ein Bettler, der um Liebe bat. Aber ich wollte über mein Los nicht jammern, da ich es selbst gewählt hatte. Ich betrachtete die geometrischen Alleen, die schöne klassische Architektur, die unermesslichen marineblauen Himmel, über die Wolken zogen, wic ich sie über dem Waadtland, wo die Himmel eingekesselt sind, nie gesehen hatte, und ich vertiefte mich in meine Lektüre, mit weniger Genuss als im Park Denantou, wo es zwar keine jungen Mädchen gab, aber wo ich am andern Ufer des Sees die blauen Berge des so sehr ersehnten Frankreichs sah.

Dort war ich jetzt, sogar im Herzen der Hauptstadt, und wenn ich sie betrachtete, sagte ich mir immer wieder, dass es die schönste Stadt der Welt sei, aber wie Rousseau hätte ich sagen können, dass meine Schritte mich trugen, wohin ich ging, aber dass ich dort nicht war. Ich hatte jenes Gefühl mitgenommen, dem die Deutschen das schöne Wort *Sehnsucht* geben, ein unstillbares Verlangen. Die wirklichen, quälenden Begierden wurden nachts zur Folter, im Hotel, wo ich hörte, dass meine Nachbarn nicht vor Einsamkeit vergingen wie ich. (Dreißig Jahre später erfuhr ich, dass in ebendiesem Hôtel de

Flandre um die gleiche Zeit nacheinander García Márquez und Vargas Llosa gewohnt hatten, und vielleicht war es damals ihr lustvolles Röcheln, das ich wie ein Hohngelächter über meine Unfähigkeit zu leben hörte.)

Es gab einen Ausweg, den mir mein bescheidenes Monatsgeld aber noch mehr untersagte, als es moralische Warnungen vermocht hätten: die Nutten. Im Quartier Latin gab es nur wenige, die in der Rue Saint-Denis erschienen mir zu auffällig, zu exponiert. An einem Spätnachmittag, als ich aus einem Kino in der Rue Caumartin kam, wo ich tief bewegt *Pather Panchali* von Satyajit Ray gesehen hatte, wurde ich zu meiner großen Verwunderung von einer bezaubernden jungen Frau im Pelzmantel angesprochen, die mich zärtlich anlächelte.

«Willst du Spaß haben, Schatz?»

Sie öffnete den Mantel, unter dem sie nackt war, und ließ mich einen umwerfenden Körper betrachten, mit Brüsten, die so hübsch waren wie die von Martine Carol, einem flachen Bauch und einem Dreieck gelockter Haare, aus dem ein parfümierter Geruch aufstieg. Augenblicklich ergriff mich ein Verlangen im Unterleib, das wie eine Sonne strahlte, ich spürte, wie sich mein Mund mit Zucker füllte, ich errötete wohl bis zu den Haarwurzeln, als ich sie fragte: «Wie viel, Madame?»

«Dreihundert Francs, und für dich, weil du hübsch und höflich bist, ist's ein *couché*.»

Ich hatte genug Romane der Série noire gelesen, um zu wissen, dass dieses Wort eine ganze Nacht bedeutete. Ein Traum. Die dreihundert Francs hatte ich bei mir. Aber nein, der Pastor war stärker als der kleine Junge mit den feuchten Händen, der sich liebend gern einen guten Fick gewünscht hätte und vor allem vielleicht Küsse, und noch heute bedauere ich meine Knauserigkeit, meine Furcht oder meine Vorsicht, denn ich glaube, dass sich mir nie mehr eine so hübsche Frau auf so schlichte Weise angeboten hat. Als ich wieder im Hotel war, masturbierte ich mit einer Art Wut, aber die Befriedigung war außerordentlich, denn ich hatte noch diesen dargebotenen Körper vor Augen, fast in Händen, und sein Parfum in der Nase.

Das Hotel in der Rue Cujas war ein Bienenstock, dessen Besitzer die Zahl der Waben verdoppelt hatten, indem sie nahezu die Hälfte der Zimmer durch dünne Zwischenwände zweigeteilt hatten. Anfangs bekam ich ein großes Zimmer, das praktisch unheizbar war. Als die Kälte kam, entdeckte ich eine Besonderheit der Pariser Luft: ihre Feuchtigkeit. Die Wollsachen sogen sich voll damit, sie trockneten nicht mehr, schützten nicht mehr. Man musste sich im Bistro an den Ofen oder den Gasbrenner setzen, um ein wenig Wärme in die Knochen zu kriegen. Ich blieb stundenlang dort sitzen, trank einen Kaffee nach dem andern, wenn der Kellner kam, um eine weitere Bestellung zu verlangen, sodass ich Herzklopfen davon bekam.

In Wahrheit hatte ich aus allen möglichen Gründen Herzklopfen, sobald ich unter Leuten war. Ich lauschte den Gesprächen der Studenten um mich herum, und ich war weniger von ihren Meinungen über die Filme und Ereignisse beeindruckt – die sich kaum von den meinen unterschieden – als von der Natürlichkeit, mit der sie sie klar, schnell, präzise und treffend formulierten. Alles, was Ramuz über die Unfähigkeit von uns Wortkargen sagt, unsere Sprache temperamentvoll zu sprechen, war immer noch richtig, und ich stelle fest, dass dem noch heute so ist. Die «Archaismen», die in unseren eigenen Ohren unseren Charme ausmachen, wenn wir uns unter uns als Waadtländer geben wollen, machen uns in Paris zu lächerlichen Tölpeln. Ramuz hatte beim Drogisten, den man hier einen Farbenhändler nennt, um «Weingeist» gebeten, was keiner verstand; ich wollte eine «panosse» kaufen, und man hatte mich angeschaut wie einen Wilden. Er wollte Spiritus, ich einen Putzlappen, in einem Abstand von fünfzig Jahren waren wir gleichermaßen altmodisch mit unseren Ausdrücken des 18. Jahrhunderts.

Ich wollte mich integrieren und lernte schnell, dass bestimmte Gegenstände des täglichen Lebens in Paris und im Waadtland mit ganz unterschiedlichen Substantiven bezeichnet wurden und dass es besser war, sein technisches Vokabular zu erweitern, als für einen Zurückgebliebenen gehalten zu werden. Unsere Sprache bleibt approximativ. «Es ist die Sprache eines trägen Volks, eines Volks, das langsam im Begreifen ist, noch langsamer im Sich-ausdrücken und das sich nur halb ausdrückt, weil es vom Leben nicht gezwungen worden ist, das, was es sagen will, dicht an der Sache zu halten; eines Volks, das alles andeutet und nichts nennt», schreibt Ramuz 1938, und ich glaube, es 2001 unterschreiben zu können.

Nachdem die administrativen Formalitäten erledigt waren, besuchte ich eine Vorlesung für französische Literatur in der Sorbonne, im Hörsaal Descartes. Antoine Adam, ein mir unbekannter Professor der französischen Universität, hielt hier Vorlesungen über Proust, den ich noch nicht gelesen hatte. Er beschrieb das Milieu des Faubourg Saint-Germain, als hätte er persönlich dort gelebt und nicht der Erzähler von *Auf der Suche nach der verlorenen Zeit*. Zu erfahren, dass sich hinter der Herzogin von Guermantes eine reale Person verbarg, die den Namen Greffulhe trug, schien mir eine völlig uninteressante

Art und Weise zu sein, seine Zeit zu vergeuden. Ich setzte keinen Fuß mehr in diese Vorlesung, womit ich gleichzeitig verhinderte, dass ich die Studenten, die sie besuchten und sich Notizen machten, kennenlernte. Die gewaltige Größe des Hörsaals, die Massen junger Leute, die sich hineindrängten, meine Schüchternheit, alles hinderte mich daran, zu einem Banknachbarn oder einer Nachbarin Kontakt aufzunehmen. In Lausanne stand ich im Gymnasium mit jedermann in Verbindung, man suchte meine Nähe, wir waren knapp zwanzig in der Klasse, alles Jungen: Gemischte Klassen gab es noch nicht. Ich wusste nicht einmal mehr, dass ich von Natur aus schüchtern war, vielleicht hatte ich auch aufgehört, es zu sein, außer bei den Mädchen, die ich begehrte.

In Paris kehrte mein Naturell schlagartig zurück: Es war menschenscheu und einzelgängerisch. Wenn es regnete, verbrachte ich manchmal mehrere Tage eingeigelt in meinem Zimmer und wärmte mich unter drei Decken, aß Kekse und Joghurts. Da mein erstes Monatsgeld rasch aufgebraucht war, konnte ich mir nicht einmal mehr Tickets für das Universitätsrestaurant kaufen, das man mir zugewiesen hatte, das «Mazet», das so groß war wie der Speisesaal eines amerikanischen Gefängnisses und ebenso laut und wo die Studenten in aller Eile ihre Mahlzeit verschlangen in einem Geruch nach Desinfektionsmitteln, der sogar in die Pastete drang. Ich schlief mehr als zuträglich, sodass ich ständig müde war. Als ich später *Ein Mann, der schläft* von Georges Perec las, habe ich mich wiedererkannt, ins Extrem gesteigert.

Meine Zuflucht war das Lesen. Da ich Hemingway, der mich begeisterte, für schlecht übersetzt hielt und ich mich auch in amerikanischer Literatur eingeschrieben hatte, beschloss ich, die Übersetzung von Marcel Duhamel neu und besser zu machen. Diese Beschäftigung hatte zumindest das Verdienst, mich der Kraftlosigkeit zu entreißen, die mich erfasst hatte, und mich kürzere Sätze schreiben zu lassen, denn in meinem Tagebuch (das ich in Paris nicht weiterführte) hatte ich mir angewöhnt, mich in unendlichen Nebensätzen zu verlieren, sodass es eine Qual war, es wiederzulesen.

Michel Thévoz' Ankunft, einen Monat später als vorgesehen, riss mich aus der schleichenden Depression. Als Waadtländer war er die Ausnahme von der Regel des schwierigen Verhältnisses zum Französischen. Das seine war lebhaft, präzis, für jeden Gedanken hatte er den richtigen Ausdruck, er schrieb mit Leichtigkeit Sätze, die in der Zielscheibe vibrierten, er war komisch, ungemein gebildet. Seinen Vorsprung vor mir, im Alter wie in schulischer Hinsicht, hatte er gut genutzt. Nachdem er mit achtzehn seine Matur bestanden hatte, was normal war, während ich zweimal ein Jahr wiederholen musste, bereitete er die Licence in Literaturwissenschaft vor, hatte aber von seinem Vater, einem Arzt, der vorzeitig in den Ruhestand gegangen war, erwirkt, in Paris das Diplom der École du Louvre zu machen, das auf das Amt eines Konservators vorbereitete. Seine Leidenschaft war die Malerei, sie war über ihn gekommen, als er in Mailand die große Picasso-Retrospektive sah, dem in der gesamten Kunst unseres Jahrhunderts seine ausschließliche Bewunderung galt. Er verschrieb sich der Kunstgeschichte, doch sein philosophischer Geist lenkte ihn eher zur Ästhetik. Er war von zarter Gesundheit und hatte während langer Krankenhausaufenthalte stapelweise Bücher verschlungen. Im Jahr zuvor, als ich mich noch bei Gide, Camus, Malraux und Montherlant aufhielt, hatte er in der Universitätsklinik am Boulevard Jourdan Beckett, Genet, Artaud gelesen – worüber er mich getreulich auf dem Laufenden hielt. Und Sartre. Seine Sartre-Kenntnis war so umfassend, wie ich sie bei niemandem mehr angetroffen habe, der nicht Sartre-Spezialist war. Eines der Ziele, die wir uns für unseren gemeinsamen Parisaufenthalt gesteckt hatten, bestand darin, jeder für sich *Das Sein und das Nichts* zu lesen und dann darüber zu diskutieren. Unsere Freundschaft hatte sich ein wenig durch Zufall ergeben, und ich könnte nur wie Montaigne über seine Freundschaft zu La Boétie sagen: «Weil er er war, weil ich ich war.»

Thévoz war Musiker, ein vorzüglicher Gitarrist, er hatte gute Kameraden, Studenten wie er, aber keinen engen Freund, er interessierte sich für Frauen gerade so viel, wie die Hygiene es erforderte, und hatte nicht, wie ich, zahllose Stunden damit vergeudet, die amourösen Klagen der Freundinnen seiner Kameraden anzuhören, in der Hoffnung, sie vor lauter wohlwollender Aufmerksamkeit vögeln zu können. Im Sommer 1958 langweilte er sich in Lausanne und suchte einen Reisegefährten, um in Avignon die vom Théâtre National Populaire aufgeführten Theaterstücke zu sehen. Er hatte ein knatterndes kleines Motorrad, auf dem er mich mitnahm.

Nie ging uns während dieser einwöchigen Reise, auf der wir uns keine fünf Minuten trennten, der Gesprächsstoff aus. Er brachte mich zum Lachen, über alles hatte er originelle Ansichten, äußerte sich nur in Paradoxen, da er die Doxa gelernt hatte, gegen die er wie ein Stier anrannte, den ständigen Gegner seines humoristischen und kämpferischen Geistes. Wenn ich eine Dummheit sagte, wusste ich es sofort, ohne dass er mich je zu demütigen suchte. Auch war er, wie ich schnell merkte, von großer Liebenswürdigkeit und außerordentlicher Geduld. Mein Beitrag an unsere Freundschaft war für ihn, wie ich glaube – die Freundschaft. Ohne mir ganz sicher zu sein, dass er sie wirklich brauchte, es sei denn als Echo seiner Ideen. Im Hof des Papstpalasts sahen wir, trunken vor nächtlicher Schönheit, Gérard Philipe in *Les Caprices de Marianne* und *Lorenzaccio*. Nach der letzten Vorstellung lagen wir, nachdem wir auf freiem Feld unser rudimentäres Zelt aufgeschlagen hatten, noch lange wach unter einem antikisch malvenfarbenen, gestirnten großen Himmel und verfassten mündlich einen Sartre'schen *Ödipus*, von dem ich noch immer meine, er hätte es verdient, niedergeschrieben zu werden.

Nach dieser Reise wurden wir nahezu unzertrennlich. Wir kannten noch nicht die Legende von Nitre und Sarzan, aber wir erkannten sie wieder, als sie im Frühjahr 1960 in dem Vorwort auftauchte, das Sartre für die Neuausgabe von *Aden* seines verstorbenen Freundes Nizan geschrieben hatte. In Lausanne geriet unsere Freundschaft rasch zur Legende, denn es kam selten vor, dass Gymnasiasten mit Studenten befreundet waren. Aus Provokation verkündeten wir eines Tages, dass wir gemeinsam in der Galerie Valloton eine Auswahl unserer persönlichen Dinge ausstellen würden, Metrofahrscheine, alte Terminkalender, Eintrittskarten von Konzerten, die wir besucht hatten, Kindheitsfotos, und es kursierte das Gerücht, wir seien Wichtigtuer. Ich frequentierte das «Barbare», eine Cafébar am Fuß der Kathedrale, wo sich alle unkonventionellen und politisierten Studenten trafen und auch ihre Freundinnen, die noch sehr nach «zweitem Geschlecht» aussahen.

Die Politik spielte bei unserem Einvernehmen ebenfalls eine Rolle: Auch darin war er mein Mentor. Er hatte mit einer Weltjugendorganisation Moskau besucht und war zwar weniger desillusioniert zurückgekehrt als Gide, war sich aber über den Autoritarismus des Regimes durchaus im Klaren. Ich habe an anderer Stelle erzählt, wie er mir, indem er mir *Das Phantom Stalins* zu lesen gab, aus der Verzweiflung half, in die mich die Niederschlagung des Ungarnaufstands gestürzt hatte, während ich, sogar noch unter dem Einfluss von Gides *Tagebuch*, im Begriff war, ideologisch zum Kommunismus überzutreten. Die Musik war in unserer Freundschaft noch nicht so wesentlich wie später, denn er spielte zu gut für mich, der ich mich im Bebop-Tenorsaxofon versuchte, nachdem ich zwei oder drei Jahre in einer kleinen Band des Gymnasiums Dixielandklarinette gespielt hatte.

Im Sommer 1959 hatte es im Leben meines Freundes Neues gegeben: Er hatte sich mit Émilienne angefreundet, einer langbeinigen Blondine von exzentrischer Schönheit, die allen Männern des «Barbare» den Kopf verdrehte und die «Miezen» eifersüchtig machte. Sie war ungeheuer frech, und wenn sie Dummheiten sagte, merkte sie es nicht immer oder sorgte dafür, oft mit Thévoz' Unterstützung, sie als absichtliche Provokationen erscheinen zu lassen. Er entwarf um ihre Person eine verblüffende Mythologie, stark von Brigitte Bardot inspiriert, der sie ein wenig ähnelte, der Kindfrau, die die Wahrheit sagt, weil sie von keinerlei Anstand eingeschüchtert ist. Ich fand sie extravagant, manchmal charmant, manchmal geradezu unerträglich, aber ich wusste, dass ich von nun an mit ihr zu tun haben würde, sollte meine Freundschaft zu ihm nicht wegen einer Frau beeinträchtigt werden. Sagen wir, dass ich mich damit abfand und dass es nicht anders ging. Sie war Studentin an der École des Beaux-Arts, nahm kein Blatt vor den Mund, mokierte sich über alles und jeden, und wie alle ahnte ich noch nichts von ihrem wirklichen Talent als Malerin.

Zu meiner großen Erleichterung kam Thévoz allein nach Paris. Er war komisch wie immer, lebhaft wie immer mit seinem dünnen Backenbart eines Studenten der Rive Gauche, seinem schmalen Mund, seinen tiefliegenden Augen, in denen ein Lächeln aufblitzte, während sein Gesicht gleichmütig blieb. Er sagte mir, inzwischen seien Émilienne und er ein Paar, es komme jedoch nicht infrage, dass sie zusammenlebten: Sie setze ihr Studium in Lausanne fort, er das seine im Louvre, sie werde ihn besuchen kommen, und er fahre häufiger nach Lausanne als vorgesehen, das alles greife seine schmale Barschaft an. Deshalb machten wir uns auf die Suche nach einer Vermieterin, was einige Zeit in Anspruch nahm.

Émiliennes erster Besuch in der Rue Cujas verursachte eine Erschütterung, nicht unter den Mietern, die schon ganz andere Dinge erlebt hatten, obwohl vermutlich wenige derart sensationelle, sondern bei mir. Aus Gründen der Sparsamkeit wohnten wir in einem jener durch eine hauchdünne Trennwand unterteilten Zimmer, und mir entging nichts von dem, was sich nebenan abspielte. Sie liebten sich fast während des ganzen Aufenthalts der jungen Frau.Mit Verwunderung entdeckte ich die sportlichen und amourösen Ressourcen meines Freundes, der gern behauptete, er sei auf die Sache nicht sonderlich erpicht; sie begleitete seine Stöße mit lautem zustimmenden Grunzen, gab bei jedem Orgasmus keuchende Triumphschreie von sich, während er zwar diskreter, aber dennoch durch meine Ohrenstöpsel hindurch gut hörbar zum Ende kam. Meine Taschenbuchausgabe von *Der Ekel* trägt noch heute am Rand der Seite 188 den Bleistifteintrag «sie fangen schon wieder an» und zehn Seiten später: «es ist vorbei».

Émilienne blieb drei Tage. Ich hatte seit drei Monaten keine Frau mehr angerührt, und diejenige, die ich in Armen gehalten hatte, war die erste. Meine Entjungferung hatte sich vor aller Augen in dem großen Haus am See von Neuchâtel abgespielt, in das diejenige, die mich erwählt hatte, zusammen mit mir alle meine Musiker eingeladen hatte, nach einem Jazzfestival, bei dem ich ein wenig geglänzt hatte. Natürlich waren Thévoz und Émilienne da, und ich hatte sie danach im Nebenzimmer aufgesucht, um mich darüber zu beklagen, dass Rachel, die nicht dünn war, im Bett fast allen Platz einnahm und dass ich in ihrer Feuchtigkeit erstickte. Nicht gesagt hatte ich, weil man immerhin über diese Dinge nicht spricht, dass ich den Eindruck gehabt hatte, mein zartes und pralles Glied zwischen zwei Bimssteine zu zwängen, bis sie sich unerwarteterweise unter einem warmen Erguss öffneten. An den folgenden Tagen wurden unsere Liebesspiele kühner, kontrollierter und genussvoller, doch nun fing Rachel an, ständig meine Gegenwart zu fordern, und versuchte, mir die ihre aufzudrängen in dem winzigen Zimmer, in dem ich noch bei meiner Mutter wohnte. Sie erzählte in der Stadt herum, ich sei ihr Geliebter, was zu werden ich in keiner Weise vorhatte. Meine Abreise nach Paris ähnelte in ihren Augen einer Flucht, und in Wirklichkeit war es auch eine. Ihretwegen hatte ich sie sogar offiziell um eine Woche vorverlegt. Natürlich hatte sie darauf bestanden, mich zum Bahnhof zu begleiten, ich war in den Zug gestiegen, hatte mich zärtlich von ihr verabschiedet, sie blieb auf dem Bahnsteig stehen, voll beredtem Schweigen. Dialogfetzen aus einem Film kamen mir über die Lippen über den unerträglichen Schmerz der Abschiede auf Bahnsteigen, die man lieber abkürzen solle. Sie war gegangen, sich mehrmals umdrehend, nicht ohne mir versprochen zu haben, dass sie mich bald im Quartier Latin besuchen werde. Dann habe ich die Wagentür geöffnet, um auf der andern Seite auszusteigen und mit meinem leeren Koffer nach Hause zu gehen. Ich verkroch mich, bis Thévoz mir Bescheid gab, dass die Bahn frei sei, dass Rachel nach Neuchâtel zurückgefahren sei.

Aber sie hielt ihr Versprechen oder nahm vielmehr Rache. Eines Morgens, als ich in meiner abgeteilten Höhle der Rue Cujas noch im Bett lag, rief Thévoz: «Du hast Besuch», und ich sah eine Rachel mit Ringen unter den Augen hereinkommen, triumphierend, strahlend, theatralisch, eine Phädra, hinter der sich ein prachtvoller Student abzeichnete, den ich gut kannte und der den schönen Namen Lion trug. Sie war gekommen, um mir zu zeigen, dass ich ausgetauscht worden war, und zwar endgültig. Nichts konnte mir lieber sein.

Alles in allem gefielen mir die Frauen im Traum besser. Bis zu dem unerwarteten Besuch von Raymonde, einer Jungverheirateten, hatte ich sechs Monate lang keine Frau angerührt. Meine Einsamkeit verlieh mir in meinen Augen eine Art Größe, wenn ich sie mit Thévoz' Hörigkeit verglich, der sich Émiliennes Launen beugte, sich zumindest liebenswürdig darum bemühte, wenn sie da war, in der Gewissheit, danach seine Unabhängigkeit wiederzuerlangen.

Kurz vorher stattete mir mein Vater einen ersten Besuch ab, der väterlich sein sollte, und ich spielte passabel meine Rolle als Sohn. Ich erzählte ihm sachlich von Rachel, und er schien beruhigt, mich zum Mann befördert zu sehen, wunderte sich jedoch, dass ich in Paris noch keine Freundin gefunden hatte, mit der ich ausgehen konnte. Ich erwiderte, mit dem, was er mir gebe, könne ich kaum daran denken, eine Frau ins Restaurant einzuladen.

«Aber die jungen Mädchen des Luxembourg?»

Ich wich aus, um ihn nicht zu betrüben. Er lud mich ins Théatre de la Renaissance ein, um *Die Eingeschlossenen von Altona* zu sehen. Das Stück war vor ein paar Wochen uraufgeführt worden, und ich wusste aus der Presse, dass Sartre darin indirekt die Folter in Algerien behandelte. Ich war vom Luxus des Theaters überrascht. Ich besuchte zum ersten Mal einen Saal auf den Boulevards, und ich wusste, dass dieser mehr hermachte als die anderen. Unser Stadttheater in Lausanne, wo ich viele der von den Tournées Karsenty gezeigten Pariser Stücken gesehen hatte, prunkte weder mit Vergoldungen noch mit Stuck. Sodann verwirrte mich die Illustriertenschönheit der Schauspielerin, die in einem Haute Couture-Kleid die Johanna spielte. Statt dem Stück zu lauschen, versuchte ich, es zu entziffern, und verstand nichts. Der Held, Franz, eine große romantische Rolle, gespielt von Serge Reggiani in einer Offiziersuniform der Wehrmacht, stets bis zum Zerreißen gespannt, erschien mir voll finsterer Größe. Weshalb einen Folterknecht auf die Bühne bringen, wenn nicht, um uns an den Qualen seiner unruhigen Seele teilhaben zu lassen? Ich meinte zu ahnen, dass Sartre uns aufforderte, uns in diesem verlorenen Soldaten wiederzuerkennen, aber ich hatte nicht das Gefühl, dass das elegante Publikum, das ohne mit der Wimper zu zucken dieses sehr lange Stück über sich ergehen ließ, sich im Spiegel eines anspruchsvollen und schwierigen Werks sah, das sich den Anschein eines Familiendramas gab. Apropos Drama spielte sich ein für mich recht peinliches ab. Ich hatte es schon immer verabscheut, wenn mein Vater die Stimme erhob, um einen seiner Artgenossen zurechtzuweisen. Auf der Tribüne eines Fußballstadions wäre er einmal fast mit einem Flegel handgreiflich geworden, der mir auf die Füße getreten war, um eine spannende Aktion besser sehen zu können. Diesmal ärgerte er sich mitten in der Vorstellung über einen dicken Mann, der sich auf dem Nebensitz breitmachte.

«Bitte, Papa. Keinen Skandal.»

Auf der Bühne debattierten ein Vater und ein Sohn auf tragische Weise über ihre historische Verantwortung, und im Saal ermahnte ich Papa, sich anständig zu benehmen. Es war zum Verzweifeln. Ganz entschieden war etwas faul an dieser Vater-Sohn-Beziehung. Später im Restaurant versuchte er, von mir Erklärungen über dieses Stück zu bekommen, dem zu folgen er einige Mühe gehabt hatte. Ich musste passen. In *L'Express* hatte ich die Antwort von François Mauriac auf den damals sehr einflussreichen Kritiker des *Figaro*, Jean-Jacques Gautier, gelesen, der sich gegen *Die Eingeschlossenen* und «für ein Theater, das man versteht» aussprach. Bissig erwiderte Mauriac: «Und wir sind für die Kritiker, die verstehen.» Der Satz gefiel meinem Vater, der Geist besaß. Er sagte so etwas wie: «Wenn nicht die Kritiker, dann vielleicht die Studenten?» Später sollte ich mich darin verbeißen. Doch ich musste bis zum nächsten Frühjahr auf das Erscheinen der *Kritik der dialektischen Vernunft* warten, um langsam Licht in meine

Gedanken über das Stück zu bringen, und nicht weniger als fünf Jahre, bis ich es verstand, als ich 1965 eine *Explication des «Séquestrés d'Altona»* schrieb, meine Lizenziatsarbeit, zurückgezogen in einer Familienpension, dem Château de Begnins, wo mein Vater mir einen Aufenthalt bezahlte, der endlich mein Studium zu einem Ende bringen sollte. An jenem Novemberabend 1959 musste ich einsehen, dass mein Vater mit seiner juristischen Ausbildung ein schärferes Weltverständnis hatte als ich; er gab mir Erklärungen zu Adenauers Wirtschaftspolitik, die mir das deutsche Wunder weniger wundersam als verständlich erscheinen ließen.

Zugegeben, die Wirtschaft war nicht meine Stärke. Und niemand hatte uns in deren Geheimnisse eingeweiht. Für meinen Vater gab es Märkte, Ströme, Angebot, Nachfrage, ein subtiles Spiel besonnener Investoren, ein Gleichgewicht der Welt. Zwar hatte er *Das Kapital* nicht gelesen, konnte es jedoch kritisieren. Auch ich hatte es nicht gelesen, kannte nur seine Losungen. Als ich es, neben einigen anderen marxistischen Werken, gelesen, verstanden und mir angeeignet hatte, machte ich daraus für meinen Vater ein Schlachtfeld, und unsere Diskussionen spitzten sich zu. Eines Tages gab es sogar Tränen. Natürlich meine. Er sah, dass die Dinge ernst wurden und nahm mich 1961 nach Berlin mit, damit ich die beiden Regime vergleichen könne: dasjenige, das ich rühmte, und dasjenige, das er als guter Aron-Anhänger für das akzeptabelste hielt unter den gegenwärtigen Umständen, die, wie jedermann weiß, nun mal sind, wie sie sind.

Die Reise nahm eine komische Wendung. Wir wohnten im Westen, im Hilton. Abends, wenn sich mein Vater im deutschen Fernsehen informierte, nahm ich ein Taxi, um mir im Theater am Schiffbauerdamm die Stücke von Brecht in ihrer ursprünglichen Inszenierung des Berliner Ensembles anzusehen. Das Taxi wartete, auf der Rückfahrt dachte ich über *Das Leben des Galilei*, über *Mutter Courage*, über *Der aufhaltsame Aufstieg des Arturo Ui* nach, während ich mit trübem Blick die Ruinen betrachtete, die die Ostdeutschen immer vor Augen haben mussten, um nicht zu vergessen. An dem Abend, an dem ich vor einem Parkett sowjetischer Offiziere mit roten Nacken und Rängen voller mit Bussen herbeigebrachter Gewerkschafter *Die Mutter* sah, Brechts Bearbeitung von Gorkis gleichnamigem Roman mit ihrem Lied «Lob des Kommunismus», beschlich mich «so etwas wie Unbehagen», wie die Waadtländer sagen, wenn sich ernste Verlegenheit bemerkbar macht. Ich beschloss, mit meinem Vater über das Lächerliche der Situation zu lachen. Und ich fand zu einigem Kampfgeist in unseren Diskussionen zurück, als er mir in den «Vier Jahreszeiten», dem großen Hamburger Hotel, nun seinerseits etwas verlegen, einen schönen, alten Mann zeigte: Hjalmar Schacht – den ehemaligen Direktor der Reichsbank und Schatzmeister des nationalsozialistischen Regimes, als solcher vom Internationalen Militärgerichtshof Nürnberg angeklagt –, der inmitten wohlgekämmter, ehrerbietiger und selbstsicherer junger Leute das große Wort führte.

Auch Thévoz stand mit seinem Vater aus politischen Gründen auf Kriegsfuß. Aber ihr Gegensatz war radikaler: Sein Vater war ein Theokrat der extremen Rechten, mit dem zu diskutieren er aufgegeben hatte, wobei für den Zwist sein Magen zahlen musste, der, wie ein Arzt ihm gesagt hatte, eine Landkarte seiner schmerzensreichen Seele war. Die Zerrüttung seines Magens erforderte eine Diät und trug ihm daher das Privileg eines diätetischen Universitätsrestaurants ein. Ich schaffte es, mir ebenfalls ein solches verordnen zu lassen, indem ich dem Arzt der Studentenambulanz in der Rue de la Harpe Thévoz' Symptome als die meinen aufzählte. Also nahmen wir unsere Mahlzeiten im Foyer International des Etudiantes auf dem Boulevard Saint-Michel ein, wo es hochwertige Gerichte gab, und stiegen sogar auf: Man teilte uns das diätetische Restaurant in der Rue de l'Abbaye hinter der Kirche Saint-Germain-de-Prés zu, zwei Schritte von dem Ort entfernt, wo, wie wir wussten, Sartre wohnte.

Schließlich fanden wir Zimmer bei derselben Vermieterin, Madame Chabanaud, der Witwe eines kommunistischen Wissenschaftlers, der mit Joliot-Curie gearbeitet hatte. Sie hatte eine Wohnung im fünften Stock, Rue des Écoles, direkt neben dem Saal der Mutualité, wo die Versammlungen gegen den Algerienkrieg stattfanden. Mein Zimmer war geräumiger als das von Thévoz, der sparte, um sich Nächte im Hotel leisten zu können, wenn Émilienne ihn besuchte. Madame Chabanaud hatte keine Zentralheizung, sie band sich Zeitungspapier unter die Kleidung, um ihre Körperwärme zu speichern. Während der harten Besatzungswinter hatten viele Leute gelernt, sich auf diese Weise zu schützen. Thévoz und ich waren verblüfft, schreckten jedoch vor einer derart spartanischen Übung zurück. Er heizte seine Bude zum Hof mit einem elektrischen Fußwärmer, und ich heizte mein Zimmer, das auf die Rue des Écoles und die Rückfront der École polytechnique ging, mit einem kleinen Ofen, der nach Petroleum stank.

Wenn gegen die Kälte nichts mehr auszurichten war, machten wir es wie seinerzeit Sartre und Simone de Beauvoir, wir gingen ins Café und lasen. Thévoz, der viel mehr arbeitete als ich, schrieb auch dort, mit seiner lesbaren kleinen Handschrift, die im Rhythmus seiner Gedanken über das Papier eilte. Ich hätte um mein Leben gewettet, dass er eines Tages ein renommierter Intellektueller sein würde. Manchmal fand ich in meinem Exemplar von *Das Sein und das Nichts*, mit dem ich weniger schnell vorankam als er, den Eintrag «Budapest», der mich zum Lachen brachte und mir gleichzeitig signalisierte, dass er meine Lektüre verfolgte. Virtuos sprachen wir über das Für-sich und das An-sich, wir spürten die «Unwahrhaftigkeit» überall auf, wo sie sich zeigte, als gewissenhafte Waadtländer vor allem bei uns, und wir nichteten die Kaffees auf der Suche nach Freund Pierre, beobachteten das Ballett des Kellners wie jeder gute Leser von Sartres Abhandlung.

Immer gibt es ein erstes Philosophiebuch, für das man alles lernen muss, das Vokabular, die Problematik, die Quellenangaben. Bei mir war es *Das Sein und das Nichts*. Thévoz hatte mir den nützlichen Rat gegeben, mich nicht in die Einleitung zu verbeißen. Als ich auf Seite 305 ankam, steckte ich fest. Diesmal nicht wegen einer der Schwierigkeiten, derentwegen ich zuweilen nach vielen Seiten, die man verschlingen konnte, ganze Tage über einem Absatz grübelte. Ich traute meinen Augen nicht: Mein Exemplar ging erst auf Seite 465 weiter. Ich durchsuchte das Werk, das ich noch nicht ganz aufgeschnitten hatte. Es fehlte ein Bogen, man hatte zweimal denselben eingebunden. Ich schrieb dem Verlag Gallimard einen höflich erstaunten Brief. Postwendend erhielt ich ohne jede Erklärung den fehlenden Bogen. Das war mein erster Kontakt mit Sartres Verleger: korrekt, aber distanziert.

Meine Beziehungen zu Thévoz waren wunderbar: Wir sahen uns unermüdlich, abends und morgens, wir gingen zusammen ins Kino, manchmal ins Theater. Wir sahen *Die Neger* von Genet im Théâtre de Lutèce, in unserer Nähe *Die Reichserbauer* von Vian im Récamier, *Der Balkon* von Genet in der Inszenierung von Brooks im Gymnase. Wie immer fand Thévoz die Formulierung, die sich einprägte: «Es ist ein von einem Künstler geschriebenes Stück von Sartre.» Er hatte dezidierte Ansichten, hörte sich aber geduldig die der anderen an. Der anderen. In diesem Fall die meinen. Ich glaube, dass er abgesehen von Émilienne außer mir niemanden sah, dass er nicht mit den Studenten der École du Louvre sprach und dass auch ich ihn gegen die Einsamkeit schützte. Wir waren beide ausgeglichen, meistens fröhlich und nahmen aufeinander Rücksicht. Er übte auf seinem Zimmer Gitarre, ich hörte ihn kaum. Wegen des Lärms spielte ich nur etwa eine halbe Stunde Saxofon, unsystematisch. Wir spielten nicht zusammen.

Eines Tages trat er mit besorgter Miene bei mir ein. Er sagte: «Hör zu, du tätest besser daran, für dein Lizenziat zu arbeiten. Auf dem Saxofon spielst du immer dieselben Stellen mit denselben Fehlern. Ohne Metronom wirst du nicht weiterkommen.»

Ich steckte es ein. Er hatte recht. Aber es fehlte mir ein Ansporn. Erst als ich nach Lausanne zurückgekehrt war und wieder bei meiner Mutter wohnte, habe ich angefangen, ernsthaft mit dem Instrument zu arbeiten, in allen Tonarten und das Tempo haltend. Wenig später lud Thévoz mich ein, in ihrer Band mitzumachen, und dann bildeten wir unser eigenes Bebop-Quintett, Jazz 005, das bis Anfang der 70er Jahre bestand, sich Abstecher in den Free Jazz gestattete und auf lokaler Ebene tatsächlich Erfolg hatte.

Im Quartier Latin wurden wir Stammgäste im «Chat qui pêche». Madame Ricard, die Wirtin, ließ uns den nachmittäglichen Proben beiwohnen, und wir blieben ganze Abende, ohne Getränke nachzubestellen, um den Musikern des Orchesters von Quincy Jones zuzuhören, das dieser im Alhambra für ein Musical, *Free and Easy,* zusammengestellt hatte. Es war ein Flop und ließ auf dem Pariser Pflaster etwa ein Dutzend der besten amerikanischen Jazzer zurück. Clark Terry, Phil Woods, Sahib Shihab spielten im Keller der Rue de la Huchette in kleinen Bands mit. Ich erinnere mich sogar, dort Oscar Pettiford gehört zu haben, der einen Kontrabassklang zustande brachte, wie ich ihn mir zuvor nicht hatte vorstellen können. Ein sensationelles Hard-Bop-Quintett blieb mehrere Wochen im «Chat qui pêche», das von Donald Byrd mit Arthur Taylor am Schlagzeug, Doug Warkins am Bass, Walter Bishop am Klavier und mit Bobby Jaspar, einem belgischen Saxofonisten, der eine Zeit lang mein Vorbild wurde, weil er zwischen Stan Getz und Sony Rollins, meinen beiden einander widersprechenden Idolen, die Mitte hielt.

Wir waren zu knapp bei Kasse für das absolut unerschwingliche «Blue Note» und sogar für den «Club Saint-Germain». Im Jahr zuvor hatte Thévoz die Jazz Messengers von Art Balkey hören können und vor allem das bereits legendäre Trio ohne Klavier von Sonny Rollins. In jenem Jahr kam Rollins nicht nach Paris. Aber wir hörten John Coltrane, der von einem Teil des Publikums im Olympia ausgebuht wurde, weil er konvulsivische Solos spielte, während Miles Davis die Bühne verließ, um ihn mit der Musik allein klarkommen zu lassen. Bei diesem historischen Konzert sind wir Daniel Humair begegnet, der seit Kurzem in Paris lebte und den Thévoz kannte, weil er in Genf und Lausanne mit ihm gespielt hatte. Wir waren uns einig, dass John Coltrane ein großer Künstler war und dass das Publikum ihn früher oder später anerkennen würde. Ich hatte das Gefühl, dass er den Himmel durchstieß, und es war sehr aufregend, aber meine Vorliebe galt weiterhin Rollins, den ich nur auf Schallplatte gehört hatte. Es war das bemerkenswerteste Konzert jenes Jahres. Wir wussten mit Sicherheit, dass wir würden sagen können: «Wir waren dabei.»

Wenn Thévoz nach Lausanne fuhr, manchmal für eine ziemlich lange Zeit, blieb ich völlig allein zurück. Hin und wieder sprach Madame Chabanaud mit mir in der Küche, was ich nicht gewohnt war. Sie legte von den Éditions sociales veröffentlichte Werke vor meine Tür, Werke, die sie ihrer Bibliothek entnahm, in die sie mich nie einlud, vielleicht um mir den Anblick ihrer Armut zu ersparen. Für sie war jeder Schweizer vermögend. Dank ihrer edlen Gefühle las ich *Das Kommunistische Manifest, Die Klassenkämpfe in Frankreich,* den *Anti-Dühring* und sogar die *Dialektik der Natur* von Engels. Ich hatte beschlossen, im Collège de France die Vorlesung zu besuchen, die Merleau-Ponty mit eintöniger Stimme über Husserl hielt. Er war für mich undurchdringlich; mit Verwunderung betrachtete ich bürgerliche Damen aus dem Viertel, die strickten, während sie ihm zuhörten. Es gab nur ein spärliches Auditorium, und schließlich verließ mich der Mut. Ich schlich mich in das Seminar, das

Paul Ricœur an der Sorbonne für Kandidaten der Agrégation über die drei Hs hielt, Hegel, Husserl, Heidegger. Ich verdanke es ihren Referaten, die Ricœur mit großer Klarheit kommentierte, dass ich das Kapitel, das *Das Sein und das Nichts* ihnen widmet, auf aktive Weise lesen konnte. Die Dialektik von Herr und Knecht zu verstehen, rekonfigurierte meinen Geist, wie Ricœur es damals noch nicht gesagt hätte. Aber ich wusste bereits, dass ich in Philosophie nie glänzen würde. Deshalb lachte ich später schallend, als ich den Satz über Philosophie las, den Simone de Beauvoir Sartre entgegengeschleudert hatte, als sie fünfundzwanzig war: «Wenn Sie nicht dafür begabt sind, dann lassen Sie es bleiben.»

Ich war für die Zeitungslektüre begabt, worin mich natürlich bestärkte, was Hegel darüber sagt: Sie sei für den modernen Menschen das Morgengebet. Jeden Morgen lasen Thévoz und ich im Café die *Libération*, die Zeitung von Emmanuel Astier, die uns zusagte, den *Combat*, die Zeitung von Henry Smadja, die uns weniger zusagte, und ab dreizehn Uhr kauften wir auf dem Boulevard Saint-Michel andächtig *Le Monde*, angelockt von der im ganzen Viertel berühmten Stentorstimme des Verkäufers. Zwar räumte sie der Kultur noch wenig Platz ein, aber wir verpassten keine Filmkritik von Jean de Baroncelli, keine Theaterbesprechung von Bertrand Poirot-Delpech, auch wenn deren Ansicht uns nicht ausschlaggebend erschien. Wichtig war nur, dass sie eine hatten, an der wir die unsere schärfen konnten. Nur die Literaturspalte von Émile Henriot hielten wir für schwach.

Doch *Le Monde* war uns wegen der Politik wichtig. Der Algerienkrieg beschäftigte uns sehr, mehr als die internationalen Kräfteverhältnisse. Wir lasen auch *France-Observateur, Témoignage Chrétien,* manchmal *L'Express.* Als Schweizer und überzeugte Demokraten schien uns die Forderung der Algerier nach Unabhängigkeit ganz natürlich zu sein. Das gaullistische Frankreich, nach demjenigen von Guy Mollet und Justizminister François Mitterrand, lieferte in unseren Augen ein Nachhutgefecht, das durch den Verlauf der Geschichte zum Scheitern verurteilt war und dieses Land auf allen Ebenen zurückwarf. Gegen de Gaulle empfanden wir einen regelrechten Widerwillen, der natürlich Nahrung erhielt durch die brutalen Polizeieinsätze bei den Demonstrationen, denen wir uns anschlossen, mit bloßen Händen wie alle Demonstranten des Quartier Latin. Wenn die Polizei mit ihren langen Gummiknüppeln angriff, stoben wir davon wie Rehkitze. Ich erinnere mich an meine Verblüffung, als ich ein paar Jahre später zum ersten Mal sah, wie Demonstranten die Angriffe der Ordnungskräfte mit Steinwürfen erwiderten und diese sogar zurückwichen. Hätte ich in den Menschenmengen lesen können, dann hätte ich darin die wahren Vorboten des Mai 68 gesehen.

Ich hätte sie auch in meinem sexuellen Elend erkennen können. Mir scheint, dass mein Verlangen mit dem Winter erloschen war. Ich fand mich mit einem Gedanken ab, der meine Selbstachtung aufrechterhielt: Ich war ein Mann, den die Frauen nicht mochten und der auf sie verzichtete, zwar mit Bedauern, aber ohne zu klagen. So war es eben. Reiner Zufall, und niemanden traf die Schuld. Thévoz hatte Glück, aber ich beneidete ihn nicht.

Eines Abends hatten wir eine junge Frau aus Lausanne eingeladen, die Schauspielerin werden wollte und in Paris die Kurse des TNP besuchte. Ich kannte sie vom Sehen, war im «Barbare» mit ihr in Berührung gekommen; sie war die Cousine meines Kindheitsfreundes Luc Chessex und vor allem eines der beiden hübschesten Mädchen von Lausanne: Pinky, die Brünette, und Teddy, die Blondine. Alle nannten sie Teddy, aber in Paris nannte sie sich Catherine Valmer, ihr Künstlername. Wir sahen sie ins «Mabillon» kommen, ganz in Schwarz. Sie hatte sich in Unkosten gestürzt, sich sorgfältig geschminkt. Mit ihren herrlichen braunen Augen, mit Fettstift schattiert, ihren hohen slawischen Wangenknochen, ihrer gebogenen kleinen Nase, ihrem wohlgezeichneten

Mund, ihrer kunstvollen Frisur und ihrer Pelzkappe sah sie aus wie ein Star. «Gorgeous» würden die Kinder des Marais heute sagen.

Die Leute um uns herum starrten sie an, ich konnte die Augen nicht von ihr abwenden, wobei ich versuchte, meinen Blick nicht zu lange auf ihrem prachtvollen Busen ruhen zu lassen, um den sich ein schwarzer Pulli schmiegte. Neben ihr wirkten Thévoz und ich wie zwei arme Studenten. Wir haben über Filme gesprochen, vermutlich über *Les Tricheurs* von Carné, einen Film, den wir verachteten wegen des verfälschten und moralisierenden Bilds, das er von Saint-Germain-des-Prés zeichnete. Teddy erwies sich als ein wenig eingeschüchtert – Gott weiß, dass wir es viel mehr waren als sie, zumindest ich, der ich völlig überwältigt war.

Die Unterhaltung hatte nicht den Glanz, den wir uns gewünscht hätten. Da wir sie weder ins Restaurant einladen noch in unser Diätlokal mitnehmen konnten – wo ihr Erscheinen wahrhaft surrealistisch gewesen wäre –, verließen wir sie nach anderthalb Stunden. Sie schien überrascht, vielleicht enttäuscht zu sein: Wahrscheinlich erwartete sie, dass wir richtig ausgehen würden mit Tanz und Rückfahrt im Taxi. Ich sah sie zur Metrostation Saint-Germain-des-Prés gehen, ohne zu wissen, wer von uns beiden trauriger war. Zwei- oder dreimal hatte ich gespürt, dass der Schatten eines Kummers über ihren schönen Blick huschte. Ich konnte nicht glauben, dass ein so strahlend schönes Mädchen allein sein könnte, und noch weniger, dass sie uns vielleicht gern wiedergesehen hätte, beziehungsweise mich, da sie Émilienne kannte.

Thévoz fragte: «Wie findest du sie?»

«Zu schön für mich.»

Er war einverstanden. Das war zwar ein wenig kränkend, aber es stimmte.

Zwei Jahre später traf ich Teddy in Lausanne wieder, sie kam gerade aus Schweden zurück, wo sie sich von einem Liebeskummer erholt hatte. Sie hatte es aufgegeben, Schauspielerin zu werden. Das war schade, ich hatte sie im Théâtre des Faux-Nez in *Le Ouallou* von Audiberti gesehen; darin war sie nicht nur von strahlender Schönheit, sondern auch richtig komisch. Ich begleitete sie ein- oder zweimal zum Krankenhaus, wo sie ihre Mutter besuchte. Ich gestand ihr, dass ich mehr als Freundschaft für sie empfand. Mit einem liebenswürdigen Lachen wich sie aus. Sie lebte noch ein Jahr lang mit einem griechischen Architekten zusammen, der deutlich älter war als sie, dann eroberte ich sie, wobei ich mehrere Bewerber ausstach. Ich hatte auf den richtigen Augenblick gewartet, und ich wusste vom ersten Tag an, dass ich sie, wenn ich es schaffte, von ihr geliebt zu werden, fürs ganze Leben unter meine Fittiche nähme. Nicht umsonst trägt man den Vornamen eines Schutzengels. Es war die Zeit des blendenden Lichts, der Mitternachtssonnen, der nächtlichen Spiele am hellen Tag, und bald lebten wir zusammen. 1964 haben wir geheiratet, wir leben noch immer zusammen und beschützen einander. Wie ich diese Geschichte erzählen sollte, weiß ich nicht.

Wenn ich mich frage, warum ich glücklich gewesen bin in jenem Pariser Jahr, das doch so karg war, dann weiß ich darauf nur eine Antwort: Ich war zwanzig Jahre alt, und ich hatte einen Freund.

Das Kino diente mir als Refugium und auch als Universität. Jeden Tag sah ich einen Film, manchmal zwei, in der Cinémathèque der Rue d'Ulm, in den Kinos des Quartier Latin, im Studio Bertrand im siebten Arrondissement. Im Studio Parnasse, wo es montagabends Diskussionen gab, in der Cinémathèque de Chaillot, in die ich quer durch Paris im Oberdeck des Busses 63 fuhr, der eine Haltestelle vor meiner Haustür hatte. Ich sah alle Klassiker, aber nicht als Klassiker, sondern als Werke, in denen das Kino sich erfand und uns unsere Geschichte, unsere Geschichten schenkte. Und vor allem vielleicht eine Moral, eine Gesamtheit von Werten, uns «Cinéfils» mit den fehlenden Vätern. Sartre hatte geschrieben, dass die ganze Romantechnik auf die Metaphysik ihres Autors verweise. Godard hatte gesagt, oder sollte noch sagen, dass jede Bewegung eines Apparats eine Sache der Moral sei. Diese Wahrheit empfanden wir sehr stark. Und da wir politisiert waren, achteten wir auf die Kamerabewegungen, die Aufnahmewinkel, die Beleuchtung, die Montageeffekte als lauter Aussagen über die Gesellschaft.

Es schneite in Paris an dem Tag, an dem ich allein *Die Früchte des Zorns* von John Ford sah. Es war ein großer Film der Revolte: die Geschichte einer Niederlage, aber auch der eingeforderten Solidarität. Aufgewühlt verließ ich den Saal in einem Zustand gesunden Zorns auf die Welt, wie sie ist, auf meine Ohnmacht, sie zu verändern. Es war Nacht geworden in der Rue d'Ulm, düster und menschenleer, ich ging auf das Pantheon zu, ein Haufen Lumpen versperrte das Trottoir, wütend trat ich mit dem Fuß dagegen – es war eine physische Entladung meiner Empörung –, und ich vernahm den Entsetzensschrei menschlichen Schmerzes. Ich hatte einen Clochard geweckt, eingemummt in abgetragene Kleider von Brecht'schen Farben. Ich weiß nicht mehr, ob ich floh oder ob ich ihm Kleingeld gab. Als ich in die Rue des Écoles zurückgekehrt war, erzählte ich mir das Märchen des von ästhetischem Mitleid erfüllten Studenten, der einen Armen nicht von einem Dekorelement zu unterscheiden vermag.

Anfangs hatten die Clochards von Paris die Empfindsamkeit des kleinen Waadtländers in mir verletzt. Auch Ramuz spricht von ihnen mit einer schönen Eloquenz der Ablehnung. Dann hatte ich mich, wie zweifellos auch er, daran gewöhnt, und ich ging nachts nicht an die Ufer der Seine, wo sie wie zu seiner Zeit Unterschlupf fanden. Die globale Politisierung weicht dem individuellen Mitleid aus. Das ist sogar ihre widerwärtige Seite. Ebenso wenig wie Ramuz, der es sich nachträglich zum Vorwurf machte, ging ich über die äußeren Boulevards hinaus, kein einziges Mal sah ich einen Arbeitervorort und noch weniger einen jener Slums für Araber, von deren Existenz ich indes seit den Kampagnen des Abbé Pierre wusste. Die Arbeiterklasse existierte im Kino, in Paris, wo die kleinen Leute Handwerker waren, war sie nicht sichtbar.

Araber sah man wenige. Ein paar Teppichhändler, wie man sie mir in Évian bei unseren Ausflügen auf der anderen Seite des Sees gezeigt und «Sidi Tapis» genannt hatte, streiften noch durch die Straßen, wenn auch immer seltener. Diejenigen, die in den großen Fabriken der nördlichen Banlieue arbeiteten, kamen nie nach Paris. Manchmal sah man ihre Frauen in der Metro. Für die Pariser waren sie unsichtbar, selbst wenn man ihnen zufällig über den Weg lief, die Blicke gingen durch sie hindurch, an ihnen vorbei, über sie hinweg. Es waren Nicht-Personen. Ich bin mir nicht sicher, ob wir, wenn wir auf Demonstrationen gingen, wirklich die Verbindung herstellten zwischen ihnen und der Forderung nach Frieden in Algerien. Natürlich sah man bei den Versammlungen in der Mutalité niemals einen algerischen Unabhängigkeitskämpfer, weder auf der Tribüne noch im Saal: Es war die französische Politik, die wir infrage stellten, und sogar bei unserer Anprangerung der Folter verteidigten wir nur die Ehre Frankreichs. Ich spürte es, und mein Unbehagen wuchs.

Es war nicht dauernd da, es war vielmehr wie eine vage moralische Unruhe, eine Art Jucken der Seele. Wenn ich ganze Nachmittage auf einer Caféterrasse verbrachte und das Treiben auf der Straße betrachtete, genoss ich es ohne Reue. Paris war nur nachts traurig. Malraux hatte noch nicht mit den großen Arbeiten der Renovierung und Reinigung der öffentlichen Gebäude begonnen, die die Farbe der Hauptstadt verändern sollten. Sie war dunkelgrau in allen Schattierungen von Grau bis Schwarz, wobei die Rußfarbe überwog. Notre-Dame war schwarz, der Louvre eine langgestreckte bräunliche Masse. Aber die Straßen waren elegant, belebt, unausgesetzt floss der Verkehr, die Dauphines prangten in ihren fröhlichen Farben zwischen den DS, die wie schwarze oder graue Haie aussahen, und den alten Tractions

Avant, die nach und nach durch jene ersetzt wurden. Als ich Ramuz las, wurde mir bewusst, dass die einzige radikale Veränderung, die sich innerhalb eines Jahrhunderts in den Pariser Straßen vollzogen hatte, das Verschwinden der Pferde und infolgedessen des Holzpflasters war. Diese Veränderung hatte vor dem Ersten Weltkrieg stattgefunden. Man kann sich Fiaker statt der Taxis vorstellen. Aber Lastwagen, gezogen von Dreier- oder Sechsergespannen gewaltiger Percheronpferde, die stürzten, wenn das Pflaster nass war? Und Kutscher in dicker Houppelande, die peitschten oder in den Staus dösten? Paris, die Hauptstadt des 19. Jahrhunderts. Selbst im Kino hatte man nie die Möglichkeit, dieses maßlose Schauspiel zu rekonstruieren. Mit dem Pferd ist die Animalität als Naturkraft aus der Stadt verschwunden. Heute sieht man sie nur noch als Auswurf in den Hundescheißhaufen, die die Trottoirs übersäen und sie gefährlicher machen als ein glitschiges Pflaster. In den fünfziger, sechziger Jahren hatten die Leute weniger Hunde, mehr Kinder, mehr Sorgen, weniger Angst. Nun ja, die Leute, das ist schnell gesagt, bei dem, was ich von den Caféterrassen aus von ihnen sah und durch die Bistrogespräche von ihnen hörte, bei denen ich Zeuge, niemals Teilnehmer war.

Wenn wir das Diätlokal in der Rue de l'Abbaye verließen, tranken Thévoz und ich unsern Kaffee auf der

Terrasse des «Bonaparte», von wo wir stets die vage Hoffnung hatten, Sartre zu sehen, der vier Stockwerke darüber wohnte. Das «Flore» besuchten wir nicht, es war zu teuer, und außerdem machten wir uns über die Halstücher «soie-pur-soie» der jungen Leute lustig, die sich auf der Terrasse des Cafés in Szene setzten, das, wie wir wussten, Sartre schon lange nicht mehr betrat. Wir, die wir alles lasen, was aus seiner Feder erschien, über all seine Stellungnahmen auf dem Laufenden waren, keine Nummer der *Temps modernes* verpassten, hatten seltsamerweise nie ernsthaft erwogen, ihn um eine Unterredung zu bitten. Zusammen mit Simone de Beauvoir gehörte er bereits der Geschichte an, in ebendem Augenblick, da er sie machte. In jenem Frühjahr war er in Kuba, wir erfuhren es erst einige Wochen später. Wir spielten mit dem Gedanken, eines Tages an seiner Tür zu läuten, mit laufender Kamera in der Hand, und auf diese Weise seine Reaktion auf den Vorschlag zu filmen, mit ihm einen Film über ihn zu drehen. Es war reine Fantasterei.

Eines Tages, wahrscheinlich im April, saßen wir mit Émilienne im «Bonaparte». Es war schönes Wetter, wir waren fröhlich, Paris gehörte uns. Und das Wunder geschah: Sartre, hinter ihm Beauvoir, die schnell ging, erschien vor unseren Augen. Sie gingen in Richtung des «Deux Magots». Von Émiliennes Sarkasmen angestachelt: «Na, da sind sie ja, eure Idole, eure Papa-Mama, worauf wartet ihr noch, ihr Würstchen», entschlossen wir uns, hinter ihnen herzulaufen. Wir haben sie genau in dem Moment eingeholt, als sie in ein Taxi steigen wollten. Sie haben sich umgedreht, er neugierig, freundlich, sie in Eile, gereizt, wir haben sie nur verwirrt angestarrt. Da wir keinen Ton sagten, sind sie eingestiegen, und das Taxi hat sie weggefahren.

Ziemlich kleinlaut sind wir zu Émilienne zurückgekehrt, die mitleidlos lachte. Tatsächlich hatten wir nicht wirklich Lust, sie zu treffen, da wir nur zu gut wussten, dass einzig ein konkreter Plan eine richtige Beziehung zu ihnen hätte herstellen können. Es wäre für einen späteren Zeitpunkt.

In jenem Frühjahr beschäftigte mich eine private Geschichte. Ich schrieb fast nicht, stand lediglich in sporadischer Korrespondenz mit meinem Französischlehrer am Gymnasium, Jeanlouis Cornuz, der mich ins Herz geschlossen hatte, mich für talentiert hielt und dem es gelungen war, mir meine Hemmung zu nehmen, für die Zeitschrift *Pour l'Art*, die er betreute, einen Artikel zu schreiben. Nicht ohne Mühe hatte ich etwa ein Dutzend autobiografische Seiten geschrieben, wobei ich mir die Methode und den Stil von André Gorz in *Der Verräter* zum Vorbild nahm (1958 meine wichtigste Lektüre), um über meine politische Entscheidung für die extreme Linke Rechenschaft abzulegen. Mein Vater, recht zufrieden, dass ich publiziert wurde, war jedoch bei dem Adjektiv «kleinbürgerlich», das sich auf unsere Familie bezog, zusammengezuckt. «Wir sind weder Großbürger noch Kleinbürger, wir sind Bürger.»

Ich hatte ihm erklärt, dass «Kleinbürger» in marxistischen Termini eine ideologische Ausrichtung bedeute. Aber er war nicht überzeugt, fand das Wort unnötig kränkend. Tatsächlich lebte er wie ein begüterter Bourgeois, als wäre er es schon immer gewesen, seit er die Erbin geheiratet hatte und mit ihr in einer angenehmen Villa am Seeufer in der Nähe der französischen Grenze wohnte, sodass er mit seinem neuen Jaguar sowohl das Kasino von Évian wie das von Divonne-les-Bains leicht erreichen konnte. Er hatte auch etwas für meinen Bruder tun wollen, der sein Diplom der École des Beaux-Arts nie erhalten hatte und ein wenig Geld als Hilfskraft bei der Post verdiente. Seine Frau und er hatten ihm daher einen schönen, sehr gut gelegenen Tabakladen in der Rue du Mont-Blanc mitten im Zentrum von Genf gekauft, damit er dessen Verwalter werde. Er lebte in der Villa von Hermance. Aber diese Arbeit als Tabakhändler gefiel ihm ganz und gar nicht. Ich bekam einen Brief von ihm, in dem er mir seine Absicht mitteilte, alles aufzugeben, und über die Belanglosigkeit seines Lebens und das Fehlen jeglicher Zukunftsperspektive klagte. Er wirkte sehr deprimiert. Ich antwortete ihm mit einem heiteren Brief, forderte ihn auf, wie unser Vater Nutzen zu ziehen aus den Annehmlichkeiten des Vermögens und einer wenig ermüdenden Arbeit, kurz aus dem Leben, das ihm damit geboten werde, so wie auch ich es täte, indem ich «eine ruhige Kugel» schöbe, weil dieses Leben vielleicht nicht von Dauer sei.

Mein Vater war so taktlos, diesen Brief zu öffnen – vielleicht machte er sich ja wirklich Sorgen um meinen Bruder und wollte ihn verstehen –, und er entdeckte, dass er eine Schlange an seinem Busen nährte. Das zumindest schrieb er in einem langen verärgerten Brief, in dem er mehr noch meine Heuchelei als meinen Zynismus rügte. Der Brief endete betrübt mit der Erklärung, dass er mir die finanzielle Unterstützung entziehe und dass mir nichts anderes übrig bleibe, als nach Lausanne zurückzukehren, um dort mein Brot zu verdienen oder wirklich und ernsthaft zu studieren, da ich in Paris, wie ich ja selber sagte, «nicht viel tat». Der Himmel stürzte ein, durch Ungeschicklichkeit und Leichtsinn lag der Erzengel Michael in Trümmern. Ich hatte meinen Vater nicht verletzen, nur meinen Bruder aufmuntern wollen, indem ich den väterlichen Zynismus bemühte, den ich immer für eine Maske gehalten hatte, die seine schwächliche Güte und seinen hartgesottenen Egoismus verbarg. Ich akzeptierte ihn als ritterlichen Entführer von Reiterinnen. Doch mit dem Geld war er auf Gedanken gekommen, wie sie der Lebensstil hervorbrachte, den das Geld ermöglichte: bourgeoise Gedanken.

Diesmal galt es zu handeln. Für mich hieß das: schreiben. Das hatte ich nicht mehr getan seit einer Notiz für *Pour l'Art* über *Sie küssten und sie schlugen ihn*, den Film von Truffaut, der mein Herz berührt hatte. Ich begann einen langen Brief, in dem ich versuchte, meine Beziehung zu meinem Vater zu klären, im Bemühen, aufrichtig zu sein und mich doch wirksam zu verteidigen. Zum ersten Mal hatte ich den Eindruck, dass es bei einem Text um mein Leben ging. Ich schrieb mehrere Tage an diesem «Brief an den Vater», der schließlich an die fünfzehn Seiten lang wurde. Da die beste Verteidigung immer noch der Angriff ist, spuckte ich all die Vorwürfe aus, die ich nie formuliert hatte: Er war abwesend, als wir einen Vater am dringendsten brauchten, mein Bruder und ich, er besuchte uns an den Festen, um seine Rolle zu spielen, aber es war nur eine Rolle, die ihn in unserem Leben auftauchen ließ und die sein Gewissen und vielleicht auch das seiner Mutter beruhigen sollte. Dann verteidigte ich mich: Ich hatte meine Arbeit bagatellisiert, um meinen Bruder nicht mit dem ewigen Bild des Micky zu erdrücken, dem alles gelingt; ich hatte ihn ermahnt, das seine zu bewahren, mit dem einzig schlüssigen Argument, dem des Realismus, und hatte den Ton der Komplizenschaft gewählt, um sein Gefühl der affektiven Einsamkeit nicht zu verstärken. Schamhaft, aber gefühlvoll sprach ich auch ein wenig von der meinen: Ich wusste, dass mein Vater sentimental war.

Wenn ich heute die Dinge auf diese Art erzähle, werde ich vielleicht dem Zwanzigjährigen nicht ganz gerecht. Ich war aufrichtig, aber ich hatte zu viel Rousseau gelesen, auch zu viel Sartre, um mir nicht beim Schreiben zuzusehen und mir die Wirkung des Briefes vorzustellen, den mein Vater am Ufer des Genfersees in der schönen Villa von Hermance oder in seinem Anwaltsbüro in der Stadtmitte von Genf lesen würde. Ich wollte keinen Bruch; ich wollte, zumindest glaubte ich es, in Paris bleiben und meine Träume verwirklichen.

Mein Vater nahm sich Zeit zum Nachdenken. Seine Antwort ließ auf sich warten. An einem Samstagnachmittag, als ich mein Schicksal noch nicht kannte, begab ich mich zum Rond-Point der Champs-Élysées, wo zu einer gewaltfreien Demonstration gegen den Algerienkrieg aufgerufen worden war. Es waren nur eine kleine Schar von etwa hundert Personen anwesend und eine große Anzahl von Polizeibussen, denn die Versammlung war nicht genehmigt worden. Stumm standen wir unter einem mickrigen Transparent. Nach einer Stunde erteilte ein unterer Dienstgrad einen Befehl, ich sah, dass sich die Leute um mich herum hinsetzten, ich tat es ihnen gleich, ohne viel nachzudenken, und die Polizisten trugen uns rücksichtslos, wenn auch nicht brutal weg und luden uns wie Säcke in die Busse. Ich hatte ein Gefühl von Irrealität, und doch wusste ich, dass etwas mit mir geschah. Man brachte uns ins Beaujon-Hospital, das als Sortierstelle diente. Die Formalitäten dauerten lange: kein Verhör, nur ein paar Fragen zur Vervollständigung der Personalien, Fingerabdrücke, eine Fotografie von vorn und im Profil. «Schweizer? Was haben Sie hier zu suchen?», fragte mich ein gelassener Polizist. Dann sperrte man uns in große Käfige, wo wir gut dreißig waren, ohne Platz, uns hinzulegen, sodass wir uns beim Sitzen ablösten. Unter uns befand sich der schon alte Louis Massignon, dessen Arbeiten als Islamwissenschaftler ich vom Hörensagen kannte, außerdem der forsche Claude Bourdet, dessen Leitartikel in *France-Observatoire* ich jede Woche las. Ich hatte den Eindruck, in meine Wahlfamilie aufgenommen zu werden.

Die Nacht verging mit Diskussionen. Zum ersten Mal sprach ich mit jungen Leuten meines Alters, die im Großen und Ganzen das Gleiche wollten. Einige waren gewaltfrei aus tiefer Überzeugung, ich war es nicht prinzipiell, eher dem Temperament nach. Keiner von uns wusste, wie lange man uns hierbehalten würde, aber niemand hatte Angst. Hätten die Flics uns verprügeln wollen, dann hätten sie es gleich getan. Und die Anwesenheit von «Persönlichkeiten» schützte uns.

Gegen fünf Uhr morgens lud man uns ohne Erklärung in dieselben Busse. Ganz unbedarft nannte ich dem Fahrer meine Adresse: «8, Rue des Écoles» und brachte meine Mitgefangenen zum Lachen. Die Polizisten setzten uns im Morgengrauen mitten im Bois de Boulogne auf freien Fuß. Ich ging mit einigen jungen Leuten bis zu einem Metroeingang, aber da ich überhaupt nicht müde war, setzte ich meinen Weg auf der Avenue de la Grande-Armée alleine fort. Noch nie hatte ich dieses morgendliche Paris gesehen. Meine Erregung war außerordentlich. Ich dachte an Jean-Jacques, wie er zu Fuß aus Vincennes zurückkehrte, nachdem er den im Zwingturm gefangenen Diderot besucht hatte. Ich fragte mich nicht, ob das, was ich hinter mir hatte, in Sartre'schen Termini nun eine Tat oder eine Geste war; ich hatte etwas getan, ohne mich um irgendjemandes Zustimmung zu kümmern. Ich ermaß den Einklang mit mir selbst an der Leichtigkeit, mit der ich atmete, ich, der ich morgens unter Asthma litt. Ohne müde zu werden, durchquerte ich zu Fuß ganz Paris, die Champs-Élysées, die Concorde beim prächtigsten Anbruch des Tages, den Boulevard Saint-Germain, wo der Frühling die Bäume erblühen ließ, die Rue des Écoles, wo die Bäckereien aufmachten. Thévoz war wohl in Lausanne oder mit Émilienne im Hotel, ich hatte niemanden, dem ich meine Großtat erzählen konnte, so war es reiner. Ich legte mich hin, friedlichen Herzens, obwohl ich wusste, dass diese Teilnahme an einer verbotenen Demonstration nicht ohne Folgen bleiben würde.

Ein Glück kommt nie allein. Kurz darauf erhielt ich ein paar Zeilen von meinem Vater, der mir seinen nächsten Besuch in Paris ankündigte, um in aller Ruhe zu diskutieren, und ein paar Zeilen von Teddy, die mir vorschlug, sie mit ihrer Freundin Raymonde ein paar Tage zu besuchen. Ich rief an, um ihnen vorzuschlagen, lieber zu mir zu kommen, statt ins Café zu gehen, so würden sie das Zimmer sehen, das ich, so gut es ging, hergerichtet hatte und das über einen Balkon verfügte. Ich war stolz auf den großen Stadtplan von Paris aus der Vogelperspektive, der über meinem schmalen Studentenbett hing, stolz auch auf die Reihe meiner Bücher, die die ganze Breite des Kamins einnahm. Ich hatte sie auf den Quais erworben und alle gelesen.

Teddy und Raymonde kamen eines Tages gegen

Mittag, es war besonders schönes Wetter, beide waren frühlingshaft und fröhlich. Raymonde war dünn, mittelgroß, brünett mit grünen Augen, hübsch, zierlich. Sie war die Tochter eines Grundschullehrers und studierte seit mehreren Semestern in Lausanne Literatur, und sie hatte es nicht eilig, ihr Lizenziat zu machen, denn sie arbeitete bei einem guten Lausanner Buchhändler und hatte gerade einen dreizehn Jahre älteren Architekten geheiratet. Sie war ein Jahr älter als ich, ein klein wenig spöttisch, ohne verletzen zu wollen. Offenkundig liebte sie Teddy sehr.

Sie schlug vor, den Nachmittag zu dritt zu verbringen, aber Teddy hatte Unterricht im Palais de Chaillot. Wir haben sie begleitet, dann sind wir in Paris herumgelaufen und haben über alles Mögliche geredet, aber wenig über uns. Sie kam mir geheimnisvoll und seltsam aufgeschlossen vor. Ich glaube, dass ich mich ihr anvertraute, über die Politik, über meinen Vater, nicht über meine Einsamkeit, derer ich mich nicht rühmte, die ich aber auch nicht hinter fiktiven Geschichten über meine Nächte verbarg. Mühelos war ich wahrhaftig, und sie war spontan wahrhaftig. Wir verstanden uns gut. Sie bat mich, sie bei Teddys Tante, bei der sie wohnte, zu einem anderen Spaziergang anzurufen. Nachdem ich sie zurückbegleitet hatte, dachte ich an sie, ohne zu wissen, woran.

Als ein paar Tage später mein Vater eintraf und wir eine Unterredung hatten, in deren Verlauf jeder von uns einen Rückzieher machte, fragte er, ob ich jemanden hätte, den ich zum Essen einladen könne, um mit uns einen Versöhnungsabend zu verbringen. Ich erzählte ihm von Raymonde, er sagte: «Ruf sie doch gleich an.» Sie gesellte sich für einen Aperitif im «Paris» auf den Champs-Élysées zu uns, und sie gefiel ihm so gut, dass er uns zum Essen ins «Fouquet's» einlud, in das ich noch nie einen Fuß gesetzt hatte und wo mir, und sicherlich auch Raymonde, auffiel, dass der Oberkellner ihn «Doktor Contat» nannte. Es war seine Manie: Da man in Deutschland und in der deutschen Schweiz jeden Titular einer Promotion, in welchem Fach auch immer, «Doktor» nennt, ließ er sich in den Kasinos so nennen. Sodass er von einem Croupier zu Hilfe gerufen worden war, als es einem Spieler übel wurde, weil beim Roulette dreimal hintereinander die Zero herausgekommen war. Er erzählte uns diese Geschichte und wie er sich aus der Affäre gezogen hatte, indem er einen Professor der Medizin verständigte, der sich an einem anderen Tisch befand und den er in diesem dringenden Fall für sehr viel qualifizierter erklärte.

Meine Besorgnis verflog: Bei Raymonde würde er nicht den edelmütigen Vater spielen. Auch nicht, was ich noch mehr fürchtete, den beflissenen alten

Schönling. Wir haben Champagner getrunken, er betrachtete uns voller Rührung, als wären wir Verlobte. Dass Raymonde verheiratet war, schien ihm offenbar keinerlei Problem zu bereiten: Es genügte ihm, dass sie hübsch, gut gekleidet und mir gewogen war. Nach dem Essen steckte er mir Geld in die Jackentasche und sagte: «Führe sie zum Tanzen aus, und amüsiert euch.» Er verabschiedete sich von ihr und gratulierte ihr zu ihrem Charme, zwinkerte mir freundlich und in keiner Weise anzüglich zu, und so standen wir, Raymonde und ich, um elf Uhr nachts auf den Champs-Élysées. Das nächtliche Paris gehörte uns.

Das «Blue Note» war nicht sehr weit von hier. Schon lange träumte ich davon, eine Frau, der ich gefiel, dorthin auszuführen. Als ich erfuhr, dass an diesem Abend das Trio von Bud Powell mit Kenny Clarke und Pierre Michelot hier spielte, hüpfte mir das Herz im Leib. Man gab uns einen guten Platz auf der Sitzbank. Wir sind ein wenig zusammengerückt, ich spürte die Wärme ihres Körpers an meiner Seite; beim zweiten Set sind Leute weggegangen, wir sind nicht auseinandergerückt; beim dritten Set, es war nach zwei Uhr morgens, war außer uns fast niemand mehr im Club, wir sind noch näher zusammengerückt. Seit über zwei Stunden, ohne aufzuhören, der Musik zu lauschen und Raymonde meine Gründe für meine Liebe zum Bebop ins Ohr zu flüstern, begehrte ich sie so stark, dass es schmerzte. Sie musste sich darüber im Klaren sein, ich hielt ihre Hand, berührte zart ihren Arm, wagte jedoch nicht, sie auf den Hals zu küssen, wenn ich mich zu ihr beugte, um ihr einen Titel zuzuflüstern: *All the things you are, Everything happens to me, Get happy*. Wir hatten getrunken, aber nicht genug, um den Kopf zu verlieren. Um drei Uhr ist Bud Powell, der mit weit offenen Augen dem schmalen Saal gegenüber spielte, ohne je auf die Tastatur zu blicken, aufgestanden und wie ein Golem zur Bar gegangen. Ich habe die Getränke bezahlt – die Hälfte meines Monatsgelds –, und auf der Rue d'Artois riefen wir ein Taxi.

«Wohin fahren wir?»

«Zu dir, wenn du möchtest?», hat sie geantwortet.

Ich habe sie in die Arme genommen. Als wir die Concorde überquerten, haben wir unseren ersten Kuss getauscht. In der Rue des Écoles ist sie die fünf Stockwerke hinter mir hochgestiegen. Mein Herz klopfte wie nie zuvor. Als ich sie in meinem Zimmer an mich drückte, spürte ich, dass auch sie zutiefst erregt war. Wir haben uns völlig angezogen hingelegt. Sie hat mit leiser Stimme gesprochen. Über ihre Ehe. Über ihre Zuneigung zu ihrem Mann. Sie hatte schnell gemerkt, dass es nur Zuneigung war, dass sie ihn nie so lieben würde, wie sie lieben wollte. Sie fühlte sich in der Falle. Nicht so sehr wegen ihres Mannes als wegen ihrer Eltern, für die eine so plötzliche Scheidung unverständlich wäre, sie mochten ihren Schwiegersohn sehr, seine Anhänglichkeit, seine Liebenswürdigkeit. Er war beruhigend. Auch für sie. Aber sie war nicht bereit, ihre Jugend einem Mann zu opfern, den sie nicht liebte, so gütig, so loyal er sein mochte. Ich schwieg. Dazu gab es nichts zu sagen.

Sie hat sich auf mich gekauert, mir in die Augen gesehen und leise gesagt: «Michel, ich glaube, ich bin in dich verliebt.»

Sie war die erste Frau, die das zu mir sagte, die allererste. Ich habe mich aufgerichtet, ich habe sie zärtlich und ernst angesehen und geantwortet: «Und ich, ich weiß es nicht, Raymonde. Ich fühle mich wohl mit dir, das ist alles.»

Sie sagte: «Schlafen wir.»

Wir haben uns keusch ausgezogen, ich habe ihr eines meiner Hemden gegeben, ich habe meinen Slip anbehalten, wir sind unter das Laken geschlüpft, in dieses schmale Bett. Wir blieben aneinandergeschmiegt liegen. Den ganzen Abend hatte ich ihr Parfum gerochen, Madame Rochas, und jetzt roch ich den köstlichen Duft ihres Körpers. Sie war heiß und kühl zugleich. Ich habe das Hemd aufgeknöpft, eine ihrer so hübschen kleinen Brüste in die Hand genommen, sie selbst hat mir geholfen, meinen Slip auszuziehen, hat mich, der ich ganz prall vor Verlangen nach ihr war, sanft in ihre Hand genommen. Ich fühlte mich wirklich als Mann. Sie hat mir gesagt: «Ich habe mein Diaphragma nicht, du kannst mich nicht nehmen.»

«Das wollte auch ich gar nicht. Dich nur an mir spüren.»

Wir haben uns lange gestreichelt, dann hat sie mich an ihrem Bauch verströmen lassen, hat meinen Schenkel fest zwischen die ihren gepresst, und ich habe gespürt, wie ein Schauer sie durchlief. Sie hat geweint. Vor Freude, sagte sie.

Am selben Tag fuhr sie nach Lausanne zurück. Teddy hat sie zum Bahnhof begleitet. In der folgenden Nacht fragte ich mich glücklich, besorgt, ganz durcheinander: «Habe ich eine verheiratete Geliebte? Werde ich sie wiedersehen?»

Ich hatte meinem Vater von der Nacht im Beaujon erzählt. Er war der Ansicht, dass man nicht auf den Ausweisungsbeschluss warten solle. An der Universität musste ich keinerlei Schritte unternehmen, ein Gasthörer hat keine administrative Existenz, und ich hatte mit keinem Professor Kontakt aufgenommen. Eine Woche nach der Nacht im «Blue Note» kam mein Vater mit dem Wagen wieder, um mich samt meinen Sachen, meinen Büchern zurückzufahren.

Er fragte nach Raymonde. Ich meinte, sie sei eine reizende Freundin.

«So ist es besser», sagte er.

In Lausanne hatte ich viel Zeit, keine Vorlesungen, nicht mehr Verpflichtungen als in Paris, das heißt gar keine, aber in Lausanne vergeht die Zeit langsamer, im Sommer wähnt man sich fast in einem Kurort. Es verstand sich von selbst, dass ich mich mit Semesterbeginn in der literaturwissenschaftlichen Fakultät einschreiben und in der vorgesehenen Zeit mein Lizenziat machen würde. Bis dahin übte ich auf meinem Saxofon, und ich las. Ich sah Raymonde wieder, zuerst im Kreis ihrer Freunde, mit ihrem Ehemann, den ich übrigens kannte und der mich freundlich empfing.

In jenem Sommer begann unser Ehebruch richtig. Sie ging frühmorgens zur Arbeit, wartete, bis meine Mutter zu der ihren aufbrach, betrat die Wohnung, die nie abgeschlossen war, und schlüpfte nackt in mein Bett. Ich hatte jetzt das Zimmer meines Bruders, ein großes Zimmer mit einem etwas breiteren Bett. Mit unglaublicher Freude tollten wir darin herum, ohne das Gefühl, etwas Schlimmes zu tun. Raymonde war moralisch, ich ebenfalls, aber wir hatten eine hohe Meinung von der Liebe, und wir waren verliebt. Zumindest willigte ich nach einer Weile ein, es zuzugeben, während ich es doch von Anfang an gewesen war, ohne es zu begreifen.

Sie dagegen hatte es sehr schnell gewusst. Etwas in ihr wollte leben, ohne länger zu warten. Ich entdeckte, und auch sie entdeckte mit jedem Tag mehr ihre Sinnlichkeit, ihre Kühnheiten, ihre Initiativen. Sie verstand, in aller Unschuld lasziv zu sein. Ich lernte ihre Lust kennen, liebte sie. Sie liebte die meine, war entzückt, sie so reichlich fließen zu sehen. Ich wurde ein besserer Liebhaber: Lachend, schelmisch sagte sie, ich sei der perfekte Geliebte, wenn es mir innerhalb von zwei Stunden zum dritten Mal kam. Gegen elf Uhr ging sie, um ihre Stelle in der Buchhandlung anzutreten, wo ich ihr nachmittags manchmal einen kleinen Besuch abstattete, und lernte dabei die Kunst der Verstellung, für die sie noch begabter war als ich. Meiner Mutter jedoch erzählte ich, was uns widerfuhr; zu meiner Überraschung war sie glücklich darüber. Sie mochte Raymonde, mit ihrem gesunden Menschenverstand war sie der Meinung, dass ihre Heirat verfrüht gewesen sei, aber dass es in diesem Alter keinen nicht wiedergutzumachenden Fehler gebe, dass sie sich scheiden lassen werde und wir zusammenleben würden, sobald wir beide unser Studium beendet hätten.

Nicht auf dem Laufenden hielt ich meine Mutter über die politische Tätigkeit, in die ich mich stürzte.

Ein Freund aus dem «Barbare», der sah, dass ich *France-Observateur* las, horchte mich ein wenig aus. Er war Buchhändler in den Escaliers-du-Marché, jener Kulisse der Lausanner Episode von *La Sorellina*, wo sich die beiden Brüder mit den unterschiedlichen Ideen begegnen, Antoine und Jacques in *Les Thibaults* von Roger Martin du Gard, dem Buch, das mich vor zwei Jahren sehr bewegt hatte.

Eines Tages fragte er mich, ob ich öffentliche Verantwortung übernehmen wolle. Es ging darum, formaljuristisch der Redakteur eines antikolonialistischen Informationsbulletins zu werden, von dem bereits zwei hektografierte Nummern erschienen waren. Die tatsächliche Redakteurin war Belgierin und die Gefährtin des Direktors der schweizerischen Cinémathèque; es wäre für sie unvorsichtig und für ihn kompromittierend gewesen, in aller Öffentlichkeit aufzutreten. Ich traf mich mit Marie-Magdeleine Brumagne, so hieß sie, eine große, schöne Frau mit feurigen Augen, und ich machte die Bekanntschaft von Freddy Buache. Beide schlossen mich ins Herz.

Ich wollte nicht nur als Strohmann dienen, sondern auch Artikel schreiben. Sie erklärte mir, dass sie die Informationen von den Führern des algerischen Front de Libération Nationale FLN erhalte, die sie kenne und mit denen ich um ihrer und meiner

Sicherheit wegen nicht zusammenkommen dürfe. Von nun an würden wir mit vier großen Druckseiten erscheinen können. Ich schrieb einen Leitartikel, den sie nach einigen Korrekturen billigte. Raymonde fand, ich täte, was getan werden müsse. Als Erste in der Schweiz haben wir das Manifest der 121 veröffentlicht.

Da wir, sie und ich, uns in Lausanne nicht öffentlich zeigen konnten, machten wir im September einen Abstecher nach Paris ins Hotel. Seit unserer unvollständigen ersten Nacht schliefen wir zum ersten Mal miteinander. Tagsüber machten wir es wie alle Liebenden, wir zeigten der Welt unsere Liebe. Ich führte sie in den Luxembourg, dort lasen wir Seite an Seite. Wir hörten Thelonious Monk im «Olympia», sie begann durch mich, den Jazz zu lieben. Auf der Rückfahrt im Zug, als die Nacht heranbrach, tat sie etwas Unvergessliches. Ich stand im Gang vor dem herabgelassenen Fenster und ließ mir die Frühlingsluft ins Gesicht blasen. Ich spürte, wie sie ihren Körper an meinen Rücken presste, sie hat mein Hemd aus der Hose gezogen, hat ihre Hände darunter geschoben und mir unendlich sanft die Brust gestreichelt. Es war eine Geste reiner Liebe, ein langer Augenblick, der mich für immer überwältigte. Eine Geste der Verzauberung.

In jenem Herbst und während des Winters 1960/61

bin ich mehrmals dienstlich nach Paris gefahren. Meine Rolle bestand darin, Intellektuelle zu kontaktieren, die das Manifest unterschrieben hatten, um sie zu öffentlichen Versammlungen einzuladen, die wir mit dem Mouvement Démocratique des Étudiants im Saal der Zweiundzwanzig Kantone für den Frieden in Algerien und die Unterstützung der Aufständischen organisierten. In dieser Eigenschaft schrieb ich Sartre meinen ersten Brief, auf den sein Sekretär freundlich antwortete, dass der Plan im Moment nicht zu realisieren sei. Arthur Adamov dagegen, den ich im «Old Navy» kennenlernte, einem Café, das soeben eröffnet worden war und bereits die Wracks von Saint-Germain-des-Prés aufsammelte, sagte zu. Er und seine Frau, genannt Bison, waren überaus herzlich. Sie empfahlen mich Bernard Dort, der kam und bei meiner Mutter wohnte.

Ich war von der Lausanner Polizei vorgeladen worden, sobald ich unter den Organisatoren erschien. Wir wussten, dass wir überwacht und höchst wahrscheinlich unterwandert wurden. Die Polizei wolle sich nur vergewissern, sagte mir ein Inspektor, dass sich die Gäste unserer Versammlungen an die Gesetze hielten. Ich sicherte ihm zu, darauf zu achten.

Meine militanten Freunde fanden allmählich, dass ich Pariser Sitten einführte, was die waadtländischen Intellektuellen grundsätzlich argwöhnten. Das war mir egal, denn ich wollte nicht ihre Sympathie, sondern nur nützlich sein. Und dass mein Engagement öffentlich war, ermöglichte mir geheimere Aktivitäten. Als ein Schmuggler der Zeitung *El Moudjahid* auf französischem Boden auf einem Waldweg unweit der Schweizer Grenze festgenommen wurde und man in seinem Kofferraum zwei Bündel Exemplare fand, die er nach Paris liefern sollte, bekam er ein Jahr Gefängnis aufgebrummt. Der Buchhändler der Escaliers-du-Marché bat mich, seine Botengänge zu übernehmen. Mit meinem Freund Luc passierte ich die Grenze im Kabriolett, zwei junge Söhne unverdächtiger Familien. Erst ein Jahr später, als ich mich mit Michel Thévoz in einem Hotel in der Rue du Sommerard aufhielt, klopften um sechs Uhr morgens Inspektoren an unsere Tür. Ich wurde in die Präfektur gebracht und wartete dort den ganzen Vormittag. Gegen Mittag teilte mir ein höflicher Inspektor mit, ich sei Gegenstand einer administrativen Ausweisung aus dem französischen Territorium. Begründung: Aktivitäten, die geeignet seien, den Interessen der Republik zu schaden. Es war nichts zu machen, binnen achtundvierzig Stunden hatte ich das Land zu verlassen.

Man hatte es auf das Bulletin abgesehen. Ich machte weiter wie bisher. Pariser Freunde, die ich in

Lausanne gewonnen hatte, empfingen mich, wenn ich nach Paris fuhr, das die Hauptstadt meines Herzens blieb. Der Algerienkrieg ging zu Ende. Es war Sartre zu verdanken – durch die Vermittlung von Gisèle Halimi, seiner Anwältin, deren Schönheit, als ich sie auf einer Versammlung kurz sah, mich überwältigt hatte –, dass mein Aufenthaltsverbot aufgehoben wurde. Tatsächlich hatte mir dieses Verbot ganz unbeabsichtigt bei Sartre als «Sesam, öffne dich» gedient, als ich ihn um eine Unterredung bat, um ihm meine *Explication des «Séquestrés d'Altona»* vorzulegen. Nie habe ich später über Rilke, meinen Großvater, Ramuz, die waadtländischen Künstler, über Balthus mit ihm gesprochen. Familiengeschichten interessierten ihn nicht, und ich fürchtete, bei ihm als Snob zu erscheinen.

Meine Liebesgeschichte mit Raymonde hat ein ganzes Jahr gedauert. Sie wollte keine Emma Bovary sein. Als ich vom Jazzfestival von Antibes zurückkam, wohin ich mit meinem Bruder gefahren war und wo ich nicht an sie gedacht hatte, rief ich sie gleich an. Sie verabredete sich mit mir im «Brésilien», einem Café in der Nähe ihrer Buchhandlung, und verkündete mir sehr freundlich, sehr bestimmt, sie habe in meiner Abwesenheit einen Jungen kennengelernt, der ebenfalls Michel hieß, der mein Mitschüler gewesen war und den ich für einen Aufschneider, einen etwas vulgären Frauenheld hielt. Sie sei in ihn verliebt, er sei ihr Geliebter, es sei besser für mich, wenn wir uns einige Zeit nicht mehr sähen. Es tue ihr leid um mich, aber ich müsse verstehen: Sie wolle unbedingt glücklich sein. Ich verstand überhaupt nichts, ich hatte nichts kommen sehen, ich war ausgezählt wie ein Boxer. Wie hatte sie mich in nur einer Woche Abwesenheit vergessen können? Ich machte Bekanntschaft mit der Liebeskrankheit. Ich schluchzte Stunden über Stunden, meine Freunde erschraken über die Heftigkeit dieses Schmerzes, und sogar meine Mutter war ehrlich betrübt. Sie versuchte mich zu trösten: «Sie kommt zu dir zurück, du wirst sehen, sie ist ein gutes Mädchen», aber an dem Entsetzen ihres Blicks sah ich, dass sie nicht glaubte, was sie sagte. Sie umsorgte mich und hielt damit die Wunde offen: Ich las in einem Zug *Auf der Suche nach der verlorenen Zeit*. Die Liebe fand keinen Ausweg. Fast ein Jahr lang lief ich herum wie ein Gespenst.

Ich hörte von ihr über Freunde. Einmal sah ich sie wieder, sie war viel schöner geworden, manchmal wirkte sie traurig, blieb jedoch fröhlich. Sie wünschte mir Begegnungen. Aus diesem Wunsch, der nicht der nach einer neuen Liebe war, wollte ich das versteckte Versprechen heraushören, dass die ihre wieder aufleben könnte. Ich mochte nicht glauben, dass zwischen uns nur noch die Zärtlichkeit der Freundschaft blieb. Aber ich war dabei, diese Liebe zu begraben.

Wenig später erfuhr ich von einer ihrer engen Freundinnen, dass sie schwer krank war. Ich rief sie an: Sie sagte mir, sie habe einen Krebs im Bauch, sie sei in Behandlung und fühle sich schwach. Ich sah sie wieder. Sie magerte zusehends ab. Ihre Freundin hielt mich auf dem Laufenden: Sie sagte mir, Raymonde spreche oft von mir, voller Zärtlichkeit und Besorgnis. Ich wohnte nicht mehr bei meiner Mutter, ich teilte mir mit Thévoz eine Zweizimmerwohnung in einem Haus, das seinen Eltern gehörte, ich arbeitete viel. Sie kam in ein Krankhaus, wo ich sie besuchen konnte, ihr Mann wusste nichts von unserer Beziehung. Der Krebs hatte sich ausgebreitet und raffte sie in kurzer Zeit unter entsetzlichen Schmerzen hinweg. Sie starb, «Michel» rufend, wie ich von ihrer Freundin erfuhr, der der Ehemann diesen Schrei anvertraut hatte, ohne zu begreifen. Er begriff, als er meine Briefe fand. Aber ich habe nie erfahren, ob sie den anderen rief oder mich.

Ich bewahre ein Foto von ihr, das sie mir gegeben hatte und auf dem sie in den Apparat lächelt, auf den Champs-Élysées, in einem Vichykleid, ein Seidentuch unter dem Kinn verknotet, neben einem Renault Dauphine stehend. Man sieht ihr so junges kleines

Gesicht und weit hinter ihr den Arc de Triomphe. Ich weiß, wo sich dieses Foto befindet, aber nicht, wer es aufgenommen hat. Ich vermeide, es anzuschauen, denn ich fürchte zu entdecken, dass ein untröstlicher alter junger Mann in mir weiterlebt.

NACHWORT

1938 beginnt C.F. Ramuz, seine Anfänge in Paris zu erzählen.[1]

Sechzig Jahre später greift Michel Contat den Titel des Essays des großen Waadtländer Dichters auf, um seinen ersten Aufenthalt in der Stadt des Lichts in Erinnerung zu rufen. Beide bringen zwar rein persönliche Ereignisse zum Ausdruck, stehen aber auch in einer langen Ahnenreihe: die der Schweizer, die ab dem 18. Jahrhundert ihr kleines Heimatland verließen, um auf der Bühne, auf der literarischer und künstlerischer Ruhm erworben wird, ihr Glück zu versuchen. Und wie ein kürzlich erschienenes Werk von Pascale Casanova[2] zeigt, ist dieses helvetische Abenteuer wiederum nur ein Sonderfall in dem weit gespannten Netz, das Michaux und Joyce, Beckett und Vargas Llosa umfasst. Daniel Jeannet hat eine Anthologie über das «Paris der Schweizer» herausgegeben[3], aber man könnte eine sehr viel umfangreichere über das Paris der Schriftsteller und Künstler zusammenstellen. Alle bringen dieselbe Überzeugung zum Ausdruck. Diese Stadt, dieser Leitstern verbindet den Glanz seines geistigen Lebens mit dem der vielen Freiheiten, die man hier genießt: Freiheit des Denkens, Freiheit der Sitten, aber auch und vor allem Freiheit, endlich man selbst zu sein, weitab von den Konventionen aller Art.

Plötzlich in diesem Elysium allen Ruhms und aller Vergnügen zu landen, beschert einigen grausame Enttäuschungen. Zwischen Traum und Wirklichkeit liegt ein Abgrund, den Michel Contat mit schonungsloser Genauigkeit beschreibt. Ramuz kehrt 1914 nach Lausanne zurück, jedoch um dort die Lektion der Freiheit, die ihm die Metropole erteilt hat, in die Praxis umzusetzen. Auch Contat kehrt in die Heimat zurück, aber nur eine Zeit lang.

Paris ist ein geografischer und sozialer Raum – Ramuz liefert eine packende Beschreibung davon –, aber vor allem ist es eine Stadt, in der Menschen wohnen, die sprechen und deren Stimme zählt. Unter ihnen ragt im 20. Jahrhundert ein Schriftsteller heraus, der ein Monument ist: Sartre, dessen Werke der Student Contat fieberhaft in seiner Kammer liest. In Lausanne setzt er diese Lektüre fort, ermutigt von seinen Professoren – Jeanlouis Cornuz – und von seinen Freunden, Michel Thévoz und Freddy Buache. Als Literaturstudent widmet er seine Abschlussarbeit für das Lizenziat den *Eingeschlossenen von Altona* (betreut von Jacques Mercanton). Diese Arbeit schickt er Sartre, der sie liest, schätzt und ihren Verfasser empfängt.[4] Nun nimmt Contat unter der Leitung von Lucien Goldmann eine Dissertation in Angriff. Sie ist der Embryo der *Écrits sur Sartre*, die er mit Michel Rybalka, Professor in den Vereinigten Staaten, verfasst.[5] 1971 versucht ein übel gesinnter Direktor, ihm sein Amt als Lehrer am Lausanner Belvedere-Gymnasium zu entziehen: Er verdächtigt ihn, der Ligue marxiste révolutionnaire anzugehören. Die Gymnasiasten setzen sich für ihren Lehrer ein und rufen: «Infizieren wir die Schule!» Die Behörden machen einen Rückzieher, und die Affäre Contat endet mit der Einstellung des Verfahrens.

Zwischenzeitlich hat Sartre Contat angeboten, die Redaktion der *Temps Modernes* zu unterstützen, was es ihm ermöglicht – diesmal endgültig –, nach Paris zurückzukehren. Und so gehört er von nun an zu den Vertrauten des Philosophen. Er nutzt die Gelegenheit, einen Traum zu verwirklichen, den er schon zur Zeit seines ersten Parisaufenthalts hegte: einen Film über Sartre zu drehen. Es wird jene erstaunliche «mündliche Autobiografie», in der man sieht, wie der Schriftsteller, umgeben von Simone de Beauvoir und einer Schar von Zeugen, die mit *Die Wörter* begonnene Erzählung fortsetzt.[6]

Nun ist Contat davon überzeugt, dass das «autobiografische Projekt» im Mittelpunkt von Sartres Werk steht. Nachdem er Forscher am Centre national de la recherche scientifique geworden ist, nimmt er an einer Arbeitsgruppe des Institut des textes et manuscrits modernes teil, das sich jahrelang mit einer riesigen Baustelle befassen wird: mit den «avant-textes» der *Wörter*. Wie lässt sich anhand der Manuskripte die Geste des Schriftstellers rekonstruieren? Dieser «genetische» Ansatz, zu dem Philippe Lejeune einen entscheidenden Beitrag geleistet hat, schlägt sich in einem schönen, von Michel Contat herausgegebenen Sammelband nieder: *Pourquoi et comment Sartre a écrit «Les mots»*.[7]

Das Entstehen einer Autobiografie aus so großer Nähe zu verfolgen, ohne das Experiment selbst zu wagen, könnte an ein Wunder grenzen. An allen Formen des Daseins leidenschaftlich interessiert, hütet sich Contat, die Abstinenz zu kultivieren, die sich manche Kritiker auferlegen. Er hat bereits von sich erzählt, in einem Text mit vielfältigen Anklängen, *Sept moments musicaux*, den der Schweizer Rundfunk bei ihm in Auftrag gegeben hatte.[8] Darin spricht er über Musik, weil man ihn dazu aufgefordert hatte, aber vor allem, weil er selbst Musiker ist und in diversen Publikationen Jazzkritiken veröffentlicht. Aber er spricht darin auch über die Orte, an denen er gelebt hat, nach der Laune eines Schicksals, das er für untypisch hält. Auf diesen Seiten erfährt man, wie sich eine Überempfindlichkeit herausgebildet hat, die von den Familienspannungen verstärkt wird.

In *Paris 1959* – dem Text, den wir hier gelesen haben – ist Contats Blick auf seine Vorfahren hellwach, zuweilen von Sartre'scher Ironie gefärbt, aber es ist hier mehr Zärtlichkeit zu spüren als in *Die Wörter*. Denn im Unterschied zu dem Philosophen will Michel Contat nichts beweisen. Auf dieser Wegstrecke, die auch ein Selbstporträt ist, legt er einen Bericht vor, der sich nicht auf ein isoliertes Schicksal begrenzt. Er hält seiner Generation einen Spiegel vor und zeigt ihr, was besonderes an ihr war: eine Mischung aus literarischer und politischer Leidenschaft – zwei höchst widersprüchliche Pole. Einige entschieden sich für die Politik und verloren sich darin. Contats Wahl galt der Literaturkritik, wobei er jedoch den Erneuerungen treu blieb, die Sartre in die Praxis des Schreibens einzuführen versucht hatte.

Luc Weibel

1 C.F. Ramuz, *Paris (Notes d'un Vaudois)*, Paris 1939; Neuausgabe Lausanne 1978 [dt.: *Paris 1959. Notizen eines Waadtländers*, übers. v. Elisabeth Brock-Sulzer, in: C.F. Ramuz, *Werke* 5, Frauenfeld 1978].

2 Pascale Casanova, *La République mondiale des lettres*, Paris 1999.

3 Daniel Jeannet (Hg.), *Le Paris des Suisses*, Paris 1965 (diese Anthologie enthält einen Text von Michel Contat).

4 Michel Contat, *Explication des «Séquestrés d'Altona» de Sartre,* Paris 1968.
5 Michel Contat und Michel Rybalka, *Les Écrits de Sartre,* Paris 1970.
6 *Sartre* par lui-même, Film von Alexandre Astruc und Michel Contat, 1976.
7 Michel Contat (Hg.), *Pourquoi et comment Sartre a écrit «Les Mots»,* Paris 1996.
8 Gil Caraman (Hg.), *Les croissants sont meilleurs le dimanche,* Lausanne 1990.

Die wichtigsten Arbeiten von Michel Contat

Contat, M., *Explication des* Séquestres d'Altona *de Sartre*, Paris 1968.

Chessex Luc, *Le Visage de la révolution. Essai photographique sur les images de Fidel Castro*; Kommentar von M Contat, «Parti pris», Zürich 1969.

Contat, M. und Rybalka, M., *Les Ecrits de Sartre. Chronologie, bibliografie commentée*, mit einem Brief-Vorwort von J.-P. Sartre, Paris 1970.

Sartre, J.-P., *Un théâtre de situations*, von M. Contat und M. Rybalka ausgewählte und vorgestellte Texte, Paris 1973; erweiterte Neuausgabe Paris 1992.

Sartre. Un film réalisé par Alexandre Astruc et Michel Contat. Texte intégral, Paris 1977.

Sartre, J.-P., *Œuvres romanesques*, hg. v. M. Contat und M. Rybalka, unter der Mitarbeit von G. Idt und G. H. Bauer, Paris 1982.

Arthur Rimbaud, un poète, vorgestellt von Michel Contat (Vorwort, Biografie, Anthologie), Paris 1982.

Sartre, J.-P., *Écrits de jeunesse,* von M. Contat und M. Rybalka versammelte, vorgestellte und mit Anmerkungen versehene Texte, Paris 1990.

L'Auteur et le manuscrit, hg. v. M. Contat, Paris 1991 (Texte von M. Contat, A. Robbe-Grillet, P. Lejeune, D. Sallenave, J. Roubaud, A. Viala, L. Marin, M. Werner, E. Marty).

Pourquoi et comment Sartre a écrit Les mots. *Genèse d'une autobiografie*, hg. v. M. Contat, Paris 1996 (Texte von M. Contat, P. Lejeune, G. Idt, J. Lecarme, J. Deguy, S. Teroni, J. Pacaly, J. F. Louette).

Auster, P., Contat M., «The Manuscript in the Book», *Yale French Studies*, Nr. 89, 1996, S. 160–197; frz. Übers., «Le manuscrit dans le livre», *Genesis*, Nr. 9, 1996, S. 117–137.

Contat, M. und Ferrer, D., (Hg.), *Pourquoi le critique génétique? Méthodes, théories*, Paris 1998 (Texte von P.-M. de Viasi, M. Contat, J. Derrida, D. Ferrer, A. Grésillon, J.-L. Lebrave, E. Marty).

Contat, M., *L'invention de la liberté*, Paris 2005.

Burnier, M.-A., Contat, M., *Sartre, roman*, Paris 2006.

Contat, M., *Pour Sartre*, Paris 2008.

Contat, M., *Ma vie, côté père*, Paris 2016.

Michel Contat,

geboren 1938 in Bern, wächst in Lausanne auf. Nach dem Studium in Paris arbeitete er als Lehrer in der Schweiz und ging 1968 zurück nach Paris, wo er ein Mitarbeiter von Jean-Paul Sartre und zu einem der besten Kenner von dessen Werk wurde, das er für die Bibliothèque de la Pleïades herausgab. Er arbeitete als Autor, Filmer, Kritiker und Journalist und veröffentlichte zahlreiche Publikationen, zuletzt das autobiografische Werk *Ma vie, côté père.*

Eva Moldenhauer,

geboren 1934, lebt als Übersetzerin in Frankfurt am Main. Ihre Übersetzungen von Claude Simon, Claude Lévi-Strauss, Jorge Semprun und anderen wurden vielfach ausgezeichnet, 2012 wurde sie für ihre Verdienste um die französische Kultur zum Chevalier de l'ordre des Arts et des Lettres ernannt.

Dieter Bachmann
Die Gärten der Medusa
Roman

Ein Schiff legt ab, ein grosser Dampfer. Er hat Gärten an Bord. Schrebergärten, Parks, Landschaftsgärten und tiefgrüne Wälder. Und ein paar Passagiere: die Menschen, die jene Oasen geschaffen haben, oder andere, die sich gern in ihnen umtun. Man sieht sie beim Ablegen an der Reling stehen, lebende Menschen und verschollene, bekannte und erfundene. Unter ihnen Teo Wild, Anthropologe. Auf der Suche nach den Gärten: jenen der Erinnerung, den frühen der Kindheit, den Gärten der Liebe und den Gärten des Denkens, die er gern mit anderen teilt. Dieter Bachmanns weit gespannte Komposition erzählt aus den verschiedensten Gegenden von Paris bis Branitz und zugleich von der Conditio humana zwischen Eden und Apokalypse. Zwischen Umweltzerstörung und Naturschutzgebiet: Heiter, zornig, gelassen, erbost, weise – und immer mit einem Schuss voltairescher Melancholie. Der Mensch im Garten: Nie ist er sich näher.

«Es ist ein feines und wildes Buch. Es trauert um alte, verlorene Zeiten und Wörter und ist neugierig auf neue. Es bedenkt den Kern der menschlichen Unruhe, dieses ewige Gefühl des Zuspät oder zufrüh, und macht Rastlosigkeitsproben aufs historische Exempel.» *Tages-Anzeiger*

«Sein grossartiger Roman gleicht einem ausschweifenden Spaziergang.» *Saiten*

www.limmatverlag.ch

Heinz Bütler
Métro zum Höllentor
Andreas Walser 1908–1930

«Métro zum Höllentor» erzählt die Freuden- und Leidensgeschichte eines jungen Mannes zwischen Ekstase, Selbstzerstörung und frühem Tod mit 22 Jahren: Das Leben des Churer Pfarrerssohns Andreas Walser, dem schon als Schüler eine grosse Sehnsucht den Weg wies – Künstler sein in Paris und Grosses schaffen. Weg von den Bündner Bergen, hinein in die entgrenzende Kunst- und Geistesstadt. Picasso! Cocteau! Derain! Utrillo! Ernst Ludwig Kirchner (in Davos) erkennt sofort Andreas Walsers Begabung: «Sie sind der erste Schweizer, den ich kenne, der wirklich das neue Sehen, das in der Kunst heute lebt, ahnt.»

Herbst 1928: Andreas Walser schleust sich schnell und geschickt in den Pariser Kunstkreislauf ein, trifft Picasso, der seine Arbeiten lobt, befreundet sich mit Cocteau und lebt seine Homosexualität. Doch bald verdüstern Todeswünsche und Drogenexzesse das Leben des hochbegabten und hypersensiblen jungen Malers. In berührenden Briefen will Ernst Ludwig Kirchner Walser von den Drogen wegbekommen, vergeblich. Die 200 Briefe Andreas Walsers an die befreundete Sopranistin Barbara (Bärby) Hunger sind das Protokoll einer beispiellosen psychischen Höllenfahrt.

Noch einmal Licht und Hoffnung: Korsika. Rückkehr nach Paris. Ein jähes Ende unendlich lange vor der Zeit im Frühling 1930. Hinterlassenschaft: Ein staunenswertes Werk.

www.limmatverlag.ch